Franziska König

Das Drama von Lübeck

…und andere Episoden in diesem verregneten Februar

Ein Journal

Februar 2014

Meinem allerliebsten Onkel Hartmut
als Bettlektüre für die Georgien-Reise
im Herbst 2019 zugeeignet

TWENTYSIX – Der Self-Publishing-Verlag
Eine Kooperation zwischen der Verlagsgruppe Random House
und BoD – Books on Demand
© 2019 Franziska König
Titelblattgestaltung von Iwan König
Herstellung und Verlag:
BoD –Books onDemand, Norderstedt
ISBN: 9783740734961

Familie König-Rothfuß an Heiligabend 1963

(Auch Ming ist bereits dabei – doch dies weiß noch niemand.)

Von links nach rechts: Rehlein mit der 1-jährigen Franziska auf dem Schoß.
Untere Reihe: Tante Antje (kaum zu sehen) neben dem Opa (auf deren Knien die Zwillinge Heiner und Friedel verteilt sind), Onkel Rainer (obere Reihe) Buz, die Degerlocher Oma, Tante Bea, Onkel Dölein, Omi Mobbl, und der damals erst 14-jährige Onkel Andi

Die wichtigsten Vorkömmlinge vorweg:

Rehlein: Meine Mutter
Buz: Mein Vater
Ming: Mein Bruder
Julchen: Meine Schwägerin
Yara (Pröppilein): Meine kleine Nichte, 1 Jahr alt

Den Rest findet man hinten im Personenverzeichnis

Orte:
Ofenbach: Dort in Niederösterreich
Grebenstein: Kleinstadt in Nordhessen
Aurich: Hauptstadt von Ostfriesland

Zum Hintergrund der Geschehnisse empfiehlt sich ein Blick auf diesen Link:
https://www.werner-bonhoff-stiftung.de/familie-koenig-vs.-ostfriesische-landschaft.html?atrGrp=ratings&atrId=413&rating=80
Oder aber - familie könig vs werner bonhoff
(in die Suchmaschine eingeben)

Februar 2014

Samstag, 1. Februar
Ofenbach - Grebenstein

In O. zunächst weißwölkig und schneeverkrustet.
Im Raum St. Pölten Sonnenschein,
nach der Grenze jedoch leider sehr grau eingetrübt.
In Tirol und Kärnten soll es rasend geschneit haben

Vorwissen für den Tag:

Seit Wochen war ich bei meinen lieben Eltern Rehlein & Buz in Ofenbach zu Besuch.
Eine wunderschöne Zeit am Mutterbusen in gemütlichster Kachelofenatmosphäre, eingehüllt in die Liebe meiner Eltern, ging mit dem heutigen Tag zuende.
Ich mußte mein Arbeit als Wandermusikantin wieder aufnehmen und in die weite Welt zurückreisen.
Zunächst nach Grebenstein, 17 km nördlich von Kassel, in die Wohnung meiner jüngst verstorbenen Omi Ella (1913 – 2003), deren Leben ich dort weiterzuführen pflege.

Bereits auf viertel nach neun hatte man den Abschied terminiert, und das ausrieselnde Miteinander wollte intensiv gestaltet werde. Buz wirkte ganz in sich gekehrt. Hi und da schien er auf Art eines altersdurmeligen Greisen im Sorgenstuhl zu schlummern, doch einmal erhaschte ich einen Blick auf sein eines Auge, das geöffnet war und uns rollend musterte.

Es erinnerte an den Tartüff.

Rehlein und ich unterhielten uns wie alle Tage lebhaft:

Verzückt beschwärmte ich das musikalische Talent von Tante Beas kleiner Enkelin Miette.

Man müsste sie nach Peking zum strengsten Klavierlehrer des Landes schicken, doch stattdessen besucht sie nur die Waldorfschule, wo man auf Dauer wohl zu weich gespült wird?

Hat die Veronika nicht unlängst so köstlich von einer Bratscherin berichtet, die einem frischgegründeten Orchester beitrat?

Doch als sie - ebenfalls Waldorfschülerin - am Probenort angekommen den Kasten öffnete, da war er leer.

Rehlein gab sich große Müh´, den durmelnden Buz in die Gespräche mit einzubeziehen, und erzählte von der Waldorfschule in Santa Cruz, und ich wiederum lauschte den Ausführungen Rehleins durch die Ohren Buzens gebannt, auch wenn sie rehleingemäß vielleicht etwas ausgeschmückt waren, was der Geschichte jedoch nur dienlich sein konnte: Dort essen die Kinder die Eier vom Federvieh das sie selber pflegen, und statt einer schrillen Pausenklingel, die die Pause an unpassender Stelle jäh beendet, tritt der Lehrer freundlich in den Türrahmen um animierend zu verkünden, daß es nun

allmählich weiterginge mit der Freude am Lernen. „Hurra!" rufen die Kinder, statt: „Wöööööööö!" (Anders, als in normalen Schulen somit.)
Die Zeit ruckelte genußtrübend an unseren lebhaften Erzählungen vorbei, und schließlich sagte ich auf Art eines schleswig-holsteinischen Naturells: „Auf Wiedersehen, Vater!" und fuhr meine Hand steif, mit akkurat aufeinandergeschichteten Fingern, zu einem finalen Händedruck aus.
Ein Abschiedszeremoniell das in vielen Familien usus ist.
Buz aber lachte, umarmte und küßte mich, und nun beküsste ich meine Eltern mit nicht endenwollenden sehnsuchtsvollen und melodischen Kußgirlanden, und stieg schließlich in klammen Abschiedsschmerz gehüllt ins Auto.
Beim Anfahren heftete ich den Blick weniger auf den Kalgassenbuckel, den es nun zu bezwingen galt, als vielmehr auf meine winkenden Eltern im Rückspiegel, und mit diesem Anblick, der kleiner und kleiner wurde, und schließlich zu einer kostbaren Erinnerung mutierte, fuhr ich wehmütigst von dannen.

Fahrt nach Deutschland:
Im Radio war der Pianist und Professor Boris Bloch zu Gast, der in angenehmer Stimmlage, sympathischer Selbstzufriedenheit, und hinzu einem Lächeln, das man durchs Radio gar zu sehen glaubte,

von Wettbewerbserfolgen in jungen Jahren berichtete.

Ferner hörte man von einer tüchtigen Frau, deren Name mir leider entfallen ist:

In der Theaterwelt sei sie ein Begriff, und letztes Jahr habe sie auch noch einen Roman herausgegeben:

In insgesamt 21 Kapiteln werden 18 Menschen vorgestellt, und die jeweiligen Kapitel sind mit deren Namen überschrieben.

Man liest z.B. über ein Ehepaar, das im Supermarkt wegen eines Käses in Streit geriet, und der Streit mündete in das große Schweigen.

Die erste Rast legte ich im sog. „Babuschen-Rosenberger"* ein, obwohl die Zeit zwickte: -
*Eigentlich ist es ja die „Raststation Aistersheim", so etwa 40 km vor der deutsche Grenze bei Passau gelegen, doch einmal habe ich mir zum Spaß ausgemalt, daß Gidon Kremer, der berühmte Geiger, dort seinen Urlaub verbringt.

Da er immer sehr fleißig war, darf er sich einen sehr langen Urlaub gönnen - ein sog. Sabbatjahr, oder auch zwei - und gibt es einen besseren Ort, an dem sich ein ein- bis zwei Jahre langer Urlaub verbringen ließe?

Für sein Glück braucht der genügsam Veranlagte lediglich eine Truhe voller Bücher und warme Babuschen, und so heißt diese Raststation nun einfach „Babuschen-Rosenberger".

Ein Besuch, der aus jenem Grunde nicht zu bereuen war, dieweil mir eine junge Dame das Leben rettete. „Entschuldigen Sie!" rief sie gleich zwiefach, so daß man natürlich geneigt war, an eine Anhalterin zu denken. Doch es war so, daß meine Motorhaube nicht richtig geschlossen war. „Das kann ins Auge gehen!" erfuhr ich. „Vielen Dank!" rief ich überschwenglich aus.
„Is OK!"
Sie entfernte sich.
Ich war plötzlich so gerührt, daß sich diese fremde junge Frau als Fee für mich erwiesen hat, denn was, wenn mir während der Fahrt die Motorhaube aufgehüpft wäre, so wie einst dem Onkel Giuliano in Rom? (Bloß, daß sich der Verkehr dort in Schneckengeschwindigkeit fortzubewegen pflegt.) „Dieser Besuch ist nicht zu bereuen!" dachte ich dankbar.
Die Bediensteten im Rosenberger schienen mir fast alle leicht behindert.
Lauter grenzdebile alte Frauen mit schriller Stimme, in welcher sie vorgeschriebene Höflichkeiten zurecht jodeln, hat man in die volkstümlich anmutenden Rosenberger-Dirndl gestopft, und im Vorraum, wo ich vergebens nach einer fesselnden Tageszeitung Ausschau hielt, wurde gar Staub gesaugt, so daß man sehen und hören konnte, daß es in Gidon Kremers Babuschen-Rosenberger durchaus nicht immer gemütlich zugeht.

Ich fuhr weiter.

An der Grenze stand ein Schandarm mit einer Kelle, und ich konnte ja nur hoffen, daß ich seine Zeichen richtig interpretiere, und durchfahren durfte?
Der Sonnenschein wurde nach der Grenze von strenger Gräue abgelöscht. Mißbilligend runzelten sich mir graue Wolkenbänke entgegen, und einmal rief mein treuer Bruder Ming an.
Ming sprach vom Spessart, wo es womöglich glatt würde. Doch Buz in mir, der mir ja die Neigung vererbt hat, selten weiterzudenken als seine Nase lang ist, konnte sich das gar nicht so recht vorstellen, denn noch herrschten etwa 6 C°.
Es wurde dunkel, und ich fuhr und fuhr durch die Nacht.
Im Radio spielte eine Geigerin mit einem Vierfachnamen, der sich mir nur schwer einprägte, wie gebügelt klingend die Sonate in A-Dur von Gabriel Fauré: Stephanie-Maria Rademacher-Protz (oder Prunk?), oder so ähnlich, und der Name des Pianisten prägte sich mir hingegen überhaupt nicht ein. Schlimm!
Und während ich dem uneingeprägt gebliebenen Namen noch vergebens hinterhersann, überholte mich ein gemächlich fahrendes Polizeiauto.
Auf dem Dach las man in schriller Leuchtschrift: POLIZEI BITTE FOLGEN!

Beklommen folgte ich dem Fahrzeug auf den Rasthof Kassel.
Was einem da nicht alles durch den Kopf zieht! Lampe kaputt, Führerscheinentzug, 180 €uro Strafe…
Doch die beiden Bullen waren so freundlich!
Ich mußte mir „nur" eine kleine Belehrung anhören: Daß ich so lange auf der linken Spur geeiert sei! Dann durfte ich weiterfahren.
Die Fahrt war sehr ungemütlich und wäre mit Sicherheit nichts für Rehleins Nerven gewesen.
An einer steil bergab zielenden Autobahnwoge hatte ich direkt das Gefühl, mein Auto wolle einen Purzelbaum schlagen, und die Fensterscheibe war hinzu vom Schnieselregen verschmiert und verschliert.
In den Nachrichten hört man allerlei:
Maximilian Schell starb in der Nacht auf heut nach kurzer schwerer Krankheit im Innsbrucker Großklinikum, und in der Ukraine tobt ein erbitterter Kampf, ähnelnd jenem der „Ostfriesischen Landschaft" mit uns.
Präsident Janukowitsch bereichterte sich, und stahl dem hungernden und frierenden Volk das ganze Geld, während Boxgroßmeister Vitali Klitschko große Politik zu machen hofft.

Endlich war ich daheim und schmiegte meinen Hyundai an die Hecke vor dem Hause.

Vor mir entstieg soeben auch der Schröder, mein Vermieter, seinem Auto.

Ich begrüßte ihn herzlich und erfreut, und erfuhr zu meiner Bestürzung, daß seine Mutter Anfang Dezember gestorben sei.

Der Tod seiner geliebten Mutter habe ihn sehr zurückgeworfen, erzählte der Schröder, wenn auch mit tapferem Lächeln. Es hatte sich so eingebürgert, daß er sie jeden Abend ins Bett brachte - und dies schöne Ritual soll nun ein für allemal vorbei sein?

Und ich erfuhr noch anderlei:

Daß der Onkel Hambum die Heizung aufgeschraubt, und das Fenster offengelassen habe!

Zu diesen Worten machte ich ein ganz betroffenes Gesicht, erinnerte mich aber währenddessen daran, daß Buz gesagt hatte, ich sähe in letzter Zeit oft unsagbar töricht aus, und so versuchte ich den törichten Ausdruck so gut es eben ging, wieder aufzumildern, ohne die gebotene Entgeisterung ganz abzuschalten.

Sonntag, 2. Februar

Vormittags zarter,
und nachmittags richtig schöner Sonnenschein

Zum ersten Mal in diesem Jahr hielt ich mein Früherhöbnis nicht ein – solcherart als wolle mich der sauber zusammengeschnürte Januar mit seinen 31 Früherhebungstagen, die wie blankgeputzte Taler in einem Sack zu klingen scheinen, bereits zufriedenstellen? Doch ich schlief so was an gut! In meiner Schlafesmurmeligkeit am Morgen schöpfte ich auch noch zwei 5-Minuten Kellen purer Döserei nach.
Zum Frühstück schaute ich mir einen Film über das Hochsicherheitsgefängnis von Oldenburg an.
Ein Herr mit Namen Waldemar saß bereits seit 17 Jahren ein, und sehnte sich nach seiner Heimat Sibirien. Und tatsächlich: Im Laufe des Films zeigte sich die rupffrisurige, angenehm bodenständige Direktorin, um ihm persönlich zu verkünden, daß er durchaus Chancen habe, im Juni ausgewiesen zu werden. Sie lächelte sehr freundlich, da ihr bewußt war, daß dies ihrem Häftling eine Herzensangelegenheit ist, und „schöne Nachrichten überbringt man doch nochmal so gern!" freute sie sich mit ihm. Man konnte sehen, daß die Chefin auch ihn als Verbrecher ernst nahm, und auch wenn's als kränkend empfunden werden könnte, daß es ihr

scheinbar so gar nichts ausmache, einen Häftling nach Sibirien ziehen zu lassen, wo man ihn nach menschlichem Ermessen in diesem irdischen Leben wohl kaum nochmals wiedersehen würde – so kann man's ja doch vielleicht mit einer Zoodirektorin vergleichen, die ein Tier wieder in die Freiheit entlässt, und ihm hierfür alles Gute wünscht.
Ein anderer Häftling gab sich maulig und pubertär, so daß die Chefin laut werden mußte. Muffig redete er sich dahingehend raus, daß die Arbeit ihn krank mache, doch da biss er bei der Chefin auf Granit: „Arbeitet man denn in ihrem Lande nicht?" wollte sie streng wissen. Der unreife Häftling klang wie ein 14-jähriger, der mit seiner Mutter herumrechtet.

Ich rannte um den Burgberg herum, und der Pfad der das kahle Geäst umsäumte, und den ich nun in vormittäglichem Sonnenscheine behoppelte, war ziemlich schmal, so daß man Obacht geben mußte, links nicht abzurutschen, und in die Tiefe zu stolpern. Der Weg war etwas morastig aufgeweicht, und so rannte ich kreuz und quer, und völlig ohne Konzept herum. Oben an der Burg zeigten sich ein paar überreife Herren aus dem Schrot & Korn von Herrn Nebelsiek, die interessiert schauen wollten, ob der heil'je Christopherus wohl von sechzehnfünfundachzig oder eher von Siebzehnelf ist?
Mit der Zeit änderte sich der Sonnenschein zu seinen Gunsten: Von einem vormittäglich kühl-

hellen und leicht elendenden, verwandelte er sich in einen sehnsüchtig stimmenden. Der sehnsüchtig Gestimmte, oder auch von unbestimmten Sehnsüchten besengte schaut durch das knorrige Geäst in den Himmel empor, und könnte sich direkt einreden, sich in Kalifornien zu befinden.

Es heißt ja, der Reiz des Joggens bestünde darin, ein leeres Hirn zu bekommen, und ist es dann leer, so tauchen eventuelle Gedanken ganz von alleine auf, um das leere Gehirn frisch zu befüllen. Tatsächlich: Ein Gedanke hatte angebissen. Ich dachte nämlich an Gidon Kremer in seinem Haus in Vilnius, und frug mich, warum Buz neulich wohl eine Bemerkung dahingehend gemacht hatte, der Gidon wäre wohl kein so toller Politiker geworden? Buz bezweifelte auch einfach so, daß er Humor habe, während ich in meinen Gedanken nun wiederum passende Worte fand, den Kremerschen Humor angemessen zu beschreiben. Er habe einen ganz feinen, philosophisch behauchten Humor, dachte ich warm, während sich über meine wohlwollenden Gedanken jenes Bild stülpte, wie sich der Gidon mit offenem Mund mit Bachs h-moll Partita abmüht. Das war wirklich albern! Aber er möchte einfach so viel wie irgendmöglich aus seinem Inneren in die Interpretation einfließen lassen. Er wringt sein Gefühlsleben und all seine Erfahrungen aus wie eine Zitrone.

Diese scheinbar arroganten und hinzu vielleicht schroff klingenden Gedanken bargen jedoch einen warmen Kern....

Als ich an jener, heut völlig verfaulten Bank vorbei"raste", auf der die Omi vor nun bald 19 Jahren den Brief vom Evchen* geöffnet hat, begegnete ich dem Pulk Senioren, den ich zuvor über mir hab rascheln hören, und die Konturen bekamen Gestalt.

Ich machte die Bekanntschaft einer zwiefachen Hundemutti. Trocken und doch griffig.

*Omi bekam einst jeden Tag Post von einer vom Leben vielfach verarschten jungen Kollegin, die einen verheirateten Herrn liebte. (Wilhelm) – Doch dies gehört in ein anderes Buch, für das mir soeben ein richtig schöner Titel einfällt.

Daheim fischte ich eine Mail von der Tante Bea hervor, und als einzigen Kommentar über das letzte Romankapitel, das ich ihr geschickt hatte, wies das Beätchen darauf hin, daß ihr Wischmopp rechteckig und nicht quadratisch sei.

„Dies ist sehr wichtig!" schrieb sie bedeutsam hinzu, und man frägt sich, ob dies wohl als urige Witzelei herüberkommen sollte?

„Aber Beätchen, das ist doch nicht WITZIG!" könne man schreiben, „höchstens vielleicht ganz leicht."

Bis zu Lindas Hündchen „Ella" reicht Beätchens familiäres Ehrgefühl wohl nicht, denn daß ich den

kleinen Hund als „grenzdebil" bezeichnet habe, scheint ihr am Arsch vorbeigezogen?
Das Kompliment, sie selber wiederum hätte „zum Anbeißen" ausgesehen, nimmt das Beätchen kommentarlos, wie selbstverständlich hin.

Abends fraß sich die Dunkelheit in die kleine Stube herein.
Das Licht im Bad ist kaputt. Es blubbert an und wieder aus, und stimmt den Klogänger nervös.
Ich war ein wenig niedergedrückt, da bei der Edith gegenüber kein Licht brannte. Wo anders könnte die Reiseunlustige sein als im Krankenhaus oder auf dem Friedhof?

Montag, 3. Februar

Zwischen klar und mild
und streng und grau (am Nachmittag)

Erhoben um 7
Fast hätte ich mich in den Bettfluten belassen, zumal es draußen noch ganz dunkel war. Doch dann folgte ich ja doch dem Pfad der guten Gewohnheit, erhob mich, und war später auch sehr froh drum.

Um 9 Uhr stand ein Frühstück bei der Ulla auf der Agenda, und somit schnürte ich mich rasch zusammen, um den Burgbergslauf zu absolvieren.

Auch wenn´s gestern doch schon so frühlingshaft wirkte, so war mein Auto heute doch von einer gleichmäßigen Eisschicht überkrustet.

Die Burg war beleuchtet, und das rote Licht fraß sich geheimnisvoll durch den Nebel.

Ich freute mich, daß bei der Edith Licht brannte. In ihrer Stube sah man die Lampe über dem Tisch hängen, und das Licht dieser Lampe schien mir so freundlich und beruhigend.

Ich stürmte der Burg entgegen, und empfand es als äußerst reizvoll, mitzuerleben wie in den wie gefaltet aussehenden Häusern am Fuße des Burgbergs die Lichter angeknipst wurden, und das Leben zu knospeln begann.

Um halb acht erlosch die Burgbergsbeleuchtung - grad wie einst das Lebenslicht vom Pfarrer Friebe. Meine Gedanken wanderten zum Kirchenvorstandspräsidenten Dennis Rader aus Wichita in Kansas. Einen Herrn mit Stahlwollebärtchen, der sich als grausamer Serienmörder entpuppte, und 1:1 zum Bild eines biederen Kirchenvorstands passt.

Auf Art vom Pfarrer Rübel sehnte er sich nach Aufmerksamkeit, und spielte Katz & Maus mit der Polizei.

Daheim ließ sich in der verbliebenen Zeit kaum noch Großes auf die Beine stellen, und später erwies sich die Schaberei am Auto als deutlich anstrengender als gedacht.
Die Edith wunk mir aus dem Fenster zu, und dieser Anblick gab mir so viel Kraft.
Ich schabte die Scheiben mit dem Schrubberhandschuh, und mein Arm tat mir bereits weh, auch wenn die angestrengte Schaberei kaum Wirkung gezeigt hatte, und ich doch so um meine Pünktlichkeit bangte, denn für meine Pünktlichkeit bin ich berühmt. In aufzüngelnder Panik setzte ich mich ins Auto, und stellte das Wärmegebläse an. Hierbei fühlte ich mich wie die verrückte Laurie aus meinem deprimierenden Buch über eine Frau, die dem Wahnsinn verfiel, und sich im Wandschrank verkroch.
Buz in mir tendierte leicht dazu, auf „gut Glück" zu fahren, aber dann rann das warmgeblasene Eis ja doch hinweg, und ich fuhr eilends zum „Netto", um feine Köstlichkeiten zum Frühstück zu besorgen.
Auf dem Nutella-Glas las man, daß die Nutella ein großes Jubiläum feiere: Seit 50 Jahren sorgt sie für Freude und Genuß am Frühstückstisch, nachdem sie im Jahre 1964 erfunden worden war, als die naschhaft veranlagte Ulla, die so gerne in den Nutellagläsern herumlöffelt, bereits 16 Jahre alt war. Und nun fuhr ich im Sauseschritt hin, und brachte ein Glas Nutella mit.

Bei der Ulla wurde ich freundlich empfangen, und gleich beim Schuheausziehen empfand ich es als so überaus angenehm und wohltuend, daß die Ulla nicht so ein Geschiss wie die Bea gemacht hat, die einen sogar flügelschlackernd begackert, *wenn* man die Schuhe auszieht, weil sie das Gefühl hat, daß man sie *fast* doch nicht ausgezogen hätte.

Zunächst hatte ich ein wenig Angst, meine Fähigkeit zur Kommunikation durch die Bea verloren zu haben. Ich räusperte mich ziemlich oft und laut, und irgendwie, so bildete ich mir ein, würde von mir erwartet, von Kalifornien zu berichten.

Doch anstatt die schöne Landschaft und das Wetter zu beschwärmen, begann ich schon allzu bald leicht erbittert über die Bea zu referieren, wobei, wie ich selber bemerkte, allerdings ein falsches Bea-Bild entstand.

Ich berichtete von Beas hippeligem Sekundengeiz und dem Ernährungswahn, und wie man sich in ihren Sinnen völlig fehlspiegelt.

Dann erzählte ich von Beas Sohn Rifflein.

Er sei Hausverschönerer von Beruf, und lebe bei einer alten Dame im Walde. Doch diese Dame wollte ihn drei Wochen lang los sein, da sie Besuch erwartete, und so galt es, sich für drei Wochen eine neue Bleibe zu suchen.

Und so schilderte ich der Ulla plastisch, wie das Rifflein diesbezüglich bei seiner eigenen Mutti rumdruchsen mußte.

Es war ihm unerhört unangenehm bei ihr und ihrem zweiten Mann Jesse um Asyl anzusuchen, und etwas kurzsichtig machte er aus einem Unbehagen heraus aus den drei Wochen zunächst zwei, weil er die übergroße Entgeisterung, die ihm ja bereits bei zweien so überaus stramm entgegenzuschlagen drohte, schon vorzufühlen glaubte.
Die Ulla wiederum berichtete von der Gegenomi Afroditi, und wurde ganz fauchig dabei.
Es entluden sich verkappte Aggressionen, und die Worte hätten sich für einen neutralen Beobachter in einiger Ferne womöglich so angehört, als sei ich eine Verwandte, der energisch der Kopf gewaschen werden muß.
Die Ulla kam auf ihren Pseudoenkel Lukas zu sprechen (den großen Halbbruder ihrer Enkelin „Josephine") und imitierte ihn auf häßliche Weise: Wie er über seine kleine Halbschwester, der er etwas versprochen und nicht eingehalten hatte, gesagt habe „Das versteht die doch noch überhaupt nicht!"
„Ich mag keine Lügen, und wenn jemand etwas verspricht, so muß er es auch einhalten!" schnaubte die Ulla mit ihrem goldenen Herzen, und zu diesem verärgerten Geschnaube klingelte das Telefon. Die Rosita wars. (Eine papageienartige Dame aus Kassel.)
Daheim arbeitete ich für meine Karriere und knöpfte mir Baden-Würtembergische Kirchenkreise vor.

Doch auch bei dieser doch scheinbar beamtlichen Tätigkeit erging es mir wie einem Wildschwein beim Kastanien essen: Verspeist es eine Kastanie, so benascht es mit den Augen bereits die nächste, und im Kirchenkreis Esslingen rutschte ich vom Pfade ab, und landete im Kirchenkreis Nürtingen.
Auf der Webseite fand sich eine Galerie an leider wenig attraktiv aussehendem Kirchpersonal - lauter Leuten mit denen man nur ungern einen Abend verbrächte. Nach dem Fall „Dennis Rader" habe ich den Respekt vor der religiösen Obrigkeit ein wenig verloren, und nun stellte ich´s mir als reizvolles Hobby vor, die Fotos auf den Pfarrwebseiten für eine „Partnerschafts-Wahl" zu nutzen. Mit wem dieser frommen Menschen würden Sie wohl gern einen Abend verbringen?
(frug ich mich selber neugierig)
Schließlich fuhr ich in milder Wetterlage nach Kassel.
Für mich „ein Tag der Wahrheit", denn heute würde sich herausstellen, wieviel bzw. ob überhaupt noch etwas auf meinem Konto vorzufinden wäre, oder ob ich finanziell am Arsch angelangt sei?
Auf zweierlei wirft man nur ungern einen Blick: Die Waage und den Kontoauszug. Die Waage zeigt immer zu viel, und der Kontoauszug immer zu wenig an. Wäre es nicht besser, es sei umgekehrt? Jeder wünscht sich blondes Haar und weiße Zähne –

und dann schaut man in den Spiegel, und es ist grad umgekehrt? Weißes Haar und blonde Zähne?
Mit bloß mehr einigen, zwischen den Fingern zu verinnen drohenden fünf Euro-Scheinen bestückt, schritt ich strammen Haxerlns zur Postbank hin, und spielte unterwegs den sog. „Wörs-Käis" durch: 216,60 €uro Haben – nein, dann schraubte ich den zu erwartenden Anblick auf dem Kontoauszug im Geiste noch etwas tiefer hinab, um mich daran zu gewöhnen, und eine eventuelle Enttäuschung sanft zu puffern, und kam auf Minus 95 €uro. Käm´s aber so, so wolle ich versuchen trotzdem glücklich zu sein, und diesen Kassel-Nachmittag zu genießen als sei´s der letzte Tag im Leben, weil selbiges sonst immer so sorgendurchfurcht bliebe.

Na, noch etwas über 1200 €uro. Doch die sind schnell weg, wie der Kenner weiß.
Um 300 €uro bereichert, schritt ich nun den Weg zum „City-Point" ab, und wieder mußte ich an Beas Sohn Riffi denken, der nicht so einfach bei seinen Eltern unterschlupfen kann wie ich.
Spätestens nach drei Tagen spricht ihn Mutti Bea auf ein Kostgeld an, und schmerzlich fühlt man ihre zwiderwurzige Izzeligkeit, gepaart mit dem Bestreben, dem Herrn Sohn pädagogisch unter die Nase zu reiben, daß man erwachsen sei, und auf eigenen Füßen zu stehen habe!
Die Sorgen haben mich nicht davon abhalten können, den Pralinenshop HUSSEL aufzusuchen

und mich mit Zitronenbällchen und Hot-Chili-Gums einzudecken, und mit mir scheffelte eine Japanerin, die meinem Herzen sehr fern war, kleine Lakritztaler in Tütchen, und als mal eines auf den Boden hopste, tat sie einfach so, als habe sie es nicht bemerkt.

Ich besuchte die Buchhandlung Thalia, doch plötzlich war es dunkel geworden. Ich war so gerne in der Thalia, aber die Tatsache, daß es dunkel geworden war hatte etwas Beklemmendes. Hatte man dem Tag in der Früh nicht beim Entschälen geholfen? Und schon mußte er wieder eingestampft werden.

Ein Penner hatte sich in einer Decke gehüllt und wie ein Sack an die Wand gelehnt, und später sah ich, daß eine attraktive Exotin seinem Barmruf Gehör geschenkt hatte. Mit ernster, anteilnehmender Miene baute sie sich vor ihm auf, und sprach ernst und anteilnehmend auf ihn ein.

„Sie können hier nicht übernachten. Es ist viel zu kalt. Sie frieren sich den Arsch ab!"

Ich lief zu meinem Auto, und diesmal klopfte ich die Herren, die meinen Weg säumten alle dahingehend ab, ob sich wohl ein Serienmörder dahinter verbergen könnte? Denn heißt es nicht, es könne Jeder sein? Auch „der nette Nachbar von nebenan".

Auf der Heimfahrt hörte ich bloß lachhafte Schlager im Radio, und kehrte noch im Rewe ein. Eine Dame mit schlohweißer, hauptumspannender Kurzhaarfrisur, sah von hinten wie ein Äffchen aus, so daß ich mich kurz frug, ob dies wohl die gute Frau Wyss* sein könnte? Es war jedoch eine andere, und da frug ich mich, ob Frau Wyss überhaupt noch einkauft, da doch ihr Herz leider schwach geworden sei?
*Betagte und hinzu von den Jahren benagte Nachbarin auf dem Burgberg

Abends in meiner Wohnung:
Leider ließ sich das Glas mit den schlesischen Gurkenscheiben nicht öffnen, auch wenn ich laut mit dem Fleischhammer draufhieb, so daß mich dieser brutale Lärm vor den Schröders bereits leicht zu genieren begann.
Schließlich klappte es aber doch, und gurkennaschend schaute ich mir bei Youtube den Prozess gegen den Kirchenpräsidenten Dennis Rader aus Wichita an.
Er entging der Todesstrafe, die so gut zu ihm gepasst hätte, lediglich aus jenem Grunde, weil die wieder eingeführte Todesstrafe nur für Verbrechen gedacht ist, die nach 1994 verübt worden sind.
Dennoch sah er ernst und versunken aus.
Er mit seinem Stahlwollebärtchen stak in einem noblen dunkelblauen Anzug, und atmete ganz den

reuigen Sünder im Kirchenpräsidentenlook, während ein wabbeliger Gerichtsbeamter in leierndem Tonfall juristisches Sing-Sang von sich gab – vollkommen wertungsfrei gesprochen.

Dienstag, 4. Februar

Zunächst blass bis blaugrau getönt.
In Hofgeismar trostlos.
Am Nachmittag zart beleuchtet und angenehm

In mattblauem Dämmer stürmte ich den Burgberg, wo sich die Pfade noch immer ziemlich lehmig anfühlten, so daß das schneebestäubte Krustenlaub daneben für meine Stiefel deutlich tauglicher schien. Doch leicht morastig waren sie hernach allemal. Immer wieder dachte ich an Dennis Rader in seinem noblen Anzug, der einfach die Familie Otero und noch ein paar Andere ermordete. Seine Frau war darüber so entsetzt, daß sie eine Härtefall-Blitzscheidung beantragte, die auch augenblicklich in Form eines barsch herniedergestempelten Stempelabdrucks gewährt wurde.

Man hatte sich wie alle Tage noch liebevoll mit einem Küßchen verabschiedet, doch auf der Fahrt zur Arbeit wurde der Kirchenpräsident angehalten und verhaftet. Die Eheleute sahen einander nie wieder. Frau und die Kinder zogen weit weg, und haben das Familienoberhaupt nie im Gefängnis besucht. Der Gestrauchelte meint, er sei von finsteren Kräften besessen, doch nun sähe er wieder etwas Licht am Ende des Tunnels. Später besuchte ich die Edith.

Die dicke und gemütliche Edith sieht derzeit sehr süß aus, läuft allerdings noch immer an der Krücke, und durch die Operation sei leider nichts besser geworden.
Mehr als eine Stunde lang warteten wir gemeinsam auf das Gebimmel der Brötchenfee, und die Edith hatte bereits ihr Körbchen mit dem abgezählten Geld für ihren Brotlaib zurechtgestellt. Wir vertrieben uns die Wartezeit damit, Kaffee zu trinken, und sprachen beispielsweise über die Reiselust der jungen Leute. Sie arbeiten nur, um sich Geld für einen Urlaub zusammenzusparen, und der nächste Urlaub liegt auch schon wieder zum Greifen in den Lüften und wurde bereits von Mutti Edith in den Kalender eingetragen: 18.4.- 3.5. Sie rang eine Weile lang an dem Ort herum, wo es denen so gefallen hat, und wo sie jetzt schon wieder hinstrebten: Korsika! Na, dies ist doch ein Begriff.
Auf dem Tischlein lagen ein paar orthopädische Broschüren herum, und man frägt sich, was die Edith den ganzen Tag wohl so treibt? Morgens

gegen sieben kommen mit dem ersten Sonnenstrahl die Strumpfaufpeller*, und einmal in der Woche wird die Edith gebadet. Das ganze orthopädische Gestell scheint im Arsch.
*Ein selten gebrauchtes Wort
Immer werden einem die vielen Genüsse, die man sich gegönnt hat, als Wurzel des Übels hingestellt, doch ist dies nicht verkrustetes biblisches Denken?
Ich versuchte im Familienstress herumzustochern, und die Ursachen hierin zu finden.
Es sei statistisch höchst unwahrscheinlich, daß sich in einer fünfköpfigen Familie alle verstehen, begann ich und frug mich gleichzeitig ganz entgeistert, was ich da bloß so rede? Woher ich wohl all dies „Wissen" (in Anführungsstrichen) herhabe?
Die Edith jedoch erzählte mir, wie großartig sich die Geschwister ihres Mannes alle verstehen. Drei Uralte leben gar im selben Haus. Der 90-jährige Sepp besteht darauf, daß jeden Tag um Punkt 12 Uhr das Mittagessen auf dem Tische steht, und den Einkaufszettel hierfür schreibt immer noch er selber. Bloß ist es seine 89-jährige Schwester, die da losziehen muß, um die Einkäufe auch zu tätigen.
Zu dieser Erzählung, in der man direkt ein wenig in Fahrt geraten könnte, klingelte die Brötchenfee.
Auf Ediths Kosten durfte ich mir ein Brötchen kaufen, (ein helles Babuschenbrötchen für 50 Cent) und dafür mußte ich einen der beiden säuberlich nebeneinandergeschichteten 10€uroscheine knacken.

Und kalt war´s draußen!
Bedenken schlichen sich ein: Das Alter steht vor der Türe, mit ihm ein Sack an Zipperlein, und das Vermögen rieselt aus.
Ich erfuhr, daß die Edith in ein Beileidsbezeugungsschreiben für die verstorbene Frau Schröder etwas Geld hineingebettet hat, doch einen Dank bekam sie bislang nicht.

Nach einer Weile quälte ich mich durch die Kühlschrankskälte nach Hause, und begegnete auf dieser kurzen Wegstrecke Pfarrer Klein, der mit seiner rotgepusteten Nase so fröhlich und burschenhaft wirkte. Allerdings sagte er nur kleine Satzflickerln, an denen sich keine große Unterhaltung entfachen ließ, und lächelte dazu freundlich wie ein kleines Kind.

Bald darauf brach ich in die Garnisonstraße nach Hofgeismar auf, um mein Auto anzumelden. Doch der Besuch erwies sich als unerfreulich und unnötig: Das Gebäude, mattrosa und mattgrün getönt, hat so eine unfreundliche Ausstrahlung, und die Bedienstete war so wenig scharmvoll. Man hätte den „Fahrbri" (sie sprach in Abkürzungen) dabei haben müssen, dieweil´s doch wohl eine Umschreibung größerer Art ist? Doch wer weiß, wo *der* nun wieder sein soll?! Wieder ein massiger, lästiger Problemfels auf meinem Lebensweg, und dann muß ich beim

nächsten Male auch noch den ganzen Versicherungsscheiß und hinzu meinen Personalausweis mitbringen.
Fast wäre ich heimgefahren, und nur weil ich nicht gleich abbiegen konnte, entschied ich mich um, und fuhr rechts in die Stadt hinab. Dort versuchte ich, etwas Lebensglück aus diesem unnötigen Besuch herauszumelken, auch wenn ich´s trostlos fand.

Es hieß ja, die „Eule" habe dichtgemacht, doch nun hat sich ein neuer kleiner Buchladen auf der gegenüberliegenden Seite dieses Fußgängerzonenarmes gebildet. Betrieben von einer eifrigen, freundlichen Frau, für die das Leben vielleicht eine Spur einfacher ist als für mich mit meinen Kirchenkonzerten, da die Glocke an ihrer Ladentüre vielfach bimmelte.

Ich besuchte einen kleinen Tabakladen, um meinem Glück auf die Sprünge zu helfen, und in der ausgestellten und blickansaugenden BILD-Zeitung war die Steuersünde einer Alice Schwarzer zum Titelthema des Weltgeschehens erhoben worden. Auf dem Tresen stand ein Glas mit Zigarren, von denen jede einzelne 27 €uro wert war, und neben mir stand eine Seniorin, die leider ganz häßlich ausschaute.
Jetzt staunte man nicht schlecht, - d.h. Onkel Dölein wäre womöglich entrüstet gewesen - wie eine

schnuddelig veranlagte Hessin uns einfach übervorteilte, als seien wir gar nicht da!
„Erlauben sie mal!" hätte man ausrufen mögen.
Sie und die Verkäuferin schnuddelten laut und gleichzeitig bedächtig über das belangloseste Zeug das man sich überhaupt vorstellen kann, und ich kaufte mir hernach ein Winterlos, wo ich allerdings nur fast gewann, denn hätte man 3x „1000 €uro" freigerubbelt, so hätte man 1000 €uro gewonnen, die ich jetzt so gut hätte brauchen können. So aber warf ich nur ein nichtsnutziges kleines Los in den Müll und besuchte hernach das Eiscafé.
Bei einem freundlichen Kellner bestellte ich eine Nußmixmilch, die allerdings wenig taugte: Viel zu viel Sahne, und das Milcheis unter der Sahne schmeckte nur kalt und langweilig.

Wieder daheim:
Im Flur plapperte ich mich mit dem Schröder fest, der heute seinen freien Tag hatte, und ein leider jung verstorbenes Mäuslein hinter dem Schrank im Flur hervorfegen mußte. D.h. „plappern" ist womöglich der falsche Ausdruck, denn eine „Unterhaltung" mit dem Schröder ist vielleicht nicht so richtig möglich, da es nur so aus ihm herauszuprudeln pflegt, wenn er loslegt. Besser wäre es, zu schreiben, „ich ließ mich von ihm anreferieren", denn dem Gegenüber bieten sich keine Lücken, in die man eigene Gedanken oder Bedenkungsanregungen einbetten

könnte, und die Verwandten, allen voran Ming & Julchen, wären womöglich hell entsetzt, wenn sie wüßten, was mein Nachbar für ein Vielschwatz ist? Doch ich lausche seinen Worten, die in meinem Ohre nicht selten zu einer Symphonie gerinnen, und oftmals keinen Halt in meinem Gedächtnis finden, gern.

Zurück in meiner Wohnung kümmerte ich mich um meine Karriere:
Neu scheinen mir die Ausreden der Pfarrämter, daß man bereits genügend Musiker vor Ort habe, oder aber die Kirche in diesem Jahr nicht zur Verfügung stünd´, da man in Kirchenkreisen mit der Kultur geizt, wie das Beätchen mit den Sekündchen.

In einem langen Brief versuchte ich, Onkel Dölein zu animieren, mich in Grebenstein besuchen zu kommen, wo ich mich selber zu einer guten Haushälterin für den Lebensabend von meinem Onkel Hambum heranzüchten würde. Man könne ihm hier ein Skype-Eck einrichten, in welchem er gemütlich sitzen, und in aller Ruhe mit den Verwandten in Übersee skypen könne.
Ferner berichtete ich plastisch, wie die Hessen immer alles stehen und liegen lassen, wenn es an der Türe schellt, und selbst wenn sich jemand in der Hausnummer geirrt hat, so sind sie doch von Kopf bis Fuß auf Gastesfröhe eingestellt, und halten nicht

immer so aufdringlich die Sekunden beisammen [wie die Tante Bea, oder der Onkel Rainer die Cent-Stückchen] – so machte ich mich einfach über die Verwandten lustig, und löschte diese Passage wieder hinweg.

Das Beätchen ist mir mittlerweile richtig unheimlich geworden.

Ich stellte mir vor, wie Opas Jünger, Herr Böhmert, ein Weltverbesserer, das Beätchen wohl beständig bemailen und mit unerwünschtem „Verständnis" überschütten würde. Er schrübe Dinge, die einen eiligen Menschen auf die Palme treiben.

"….ich weiß jedoch, daß sich dahinter eine verletzte, zutiefst unglückliche Seele verbirgt…" versucht er sich als Menschenflüsterer, während die Bea ihn für diese triefigen Worte am liebsten mit der Fliegenklatsche erschlagen würde.

Das gäbe ja einen Tango, wenn *ich* dererlei schrübe, lachte ich zu dieser absurden Vorstellung in mich hinein. Im Nu wäre man in eine zwiderwurzige Briefschlacht hineingesogen.

Am Abend lief in 3sat ein Drama, das ich als unerhört fesselnd empfand. „Im Gehege". Geschrieben von zwei Skriptschreibern der „Lindenstraße" und sagenhaft geschauspielert von Robert Atzorn, der mal wieder einen Lehrer spielte. Er in seiner ausgehöhlten Ehe mit einer Frau, die zu viel Alkohol trank, verliebte sich bis zum Wahn in eine junge Kollegin, die nur ein Spiel mit ihm trieb. Als er mit seiner versoffenen Frau Klartext zu reden suchte, wurde die Frau wild und böse. Sie legte eine wüste Szene hin, stolperte dabei, fiel die Treppen hinab, und brach sich das Genick. Ein Unfall, und dennoch geriet der Lehrer unter Mordverdacht.

Die qualmende Staatsanwältin, die wie eine Japanerin ausschaute, war ja so was an widerlich.

Ein Freispruch dritter Klasse: Aus Mangel an Beweisen.

Schließlich wurde der Herr im Laufe des Filmes allerdings zum Doppelmörder, bzw. einmal Totschlag, einmal Mord (wie nennt man diese Kombination?) – denn beim nächsten Fall war´s ja doch eher ein bißchen so etwas wie ein erweiterter Unfall: Ein Handgemenge unter erbosten Herren führte zum Tode seines Freundes „Robert".

Nach einer Weile hatte der Lehrer 6 Millionen €uro geerbt, und hätte seiner Angebeteten nun allerlei bieten können, doch die hatte mittlerweile einen Anderen. Ein Jorberg-Krimi! Die Eifersucht fraß sich in sein Gebein, und machte ihm das Leben zur Hölle.

Mittwoch, 5. Februar
Grebenstein – Ratzeburg

Klar bis grau. Morgens Glitzerfrost

Zwiefach klingelte ich an Ediths Haustüre, dieweil der Lärm des Müllwaggons mein erstes Läuten einfach übertönt hatte, und mit dem zweiten Läuten hab ich der Edith dann einfach ein Telefonat abgewürgt.
Das machte allerdings nichts, da es sich nur um ein schlichtes Dankestelefonat gehandelt hatte. Die Edith hielt das Telefon mit dem nunmehr verpufften Dankestelefonat noch in der Hand und sagte so nett: „…sonst hätte ich Dich fester gedrückt!"
Das machte mir Mut, denn man hätte ja auch annehmen können, die Umarmungen würden nun so allmählich munkeleswärmer?! Ich umarme zweng meinem Schlüsselbund ja auch immer einarmig – aber bei mir ist´s so, daß ich den Umarmtwerdenden einfach nicht mit zu viel Gefühlsintensität belasten möchte.
Ich war gekommen um Butter und Käse vorbeizubringen, und nur allzu gern ließ ich mich zu einem kleinen Kaffee in der Küche überreden, da doch die Edith meine Aura-Anzapfstelle ist.
Die Freude des Beisammensitzens stutzte ich mir hindess gleich selber, weil ich bemerkt hatte, wie

schnell die Sekündchen einem davonrieseln, wenn man den Sekundensack nicht auf Beatenart mit beiden Händen geschlossen hält.
Ich erzählte der Edith, wie ich sie gestern zu später Stund´ im Auto gesehen habe.
Zu diesen Worten schauten wir durch´s Küchenfenster auf die Straße hinaus, um auf jene Stelle draufzublicken, wo ich sie gesehen haben will, und dabei bemerkte ich, daß ich eine ganz normale hessische Frau im hormonellen Patt geworden bin: „Ich denk noch…." erzählte ich nach Art von Frau Wyss, und plapperte allerlei, z.T. für mich selber Überraschendes zusammen, was ich da wohl alles gedacht haben will.
Doch es war ja bloß, daß die Edith von ihrem Sohn Thomas zur Krankengymnastik kutschiert worden war.
Rührenderweise hatte mir die Edith eine ganze Schale mit Orangenschnitzen hergerichtet. Orangen, die der Thomas beim Rewe gekauft hatte, und die einfach köstlich waren.
Ich schaute mir den Kalender für das Jahr 2014 an, den die jungen Leute mit ihren schönsten Reiseerinnerungen beklebt haben.
Der Thomas reiste mit seiner Freundin Katja herum, und die Katja, eine junge Frau mit einem verhuschten, unsicheren Lächeln, gibt sich die größte Mühe, immer alles richtig zu machen.

Und nun haben die jungen Leute die Fotografiererei für sich entdeckt!

Auf einem der Fotos sieht man den Thomas beim Mittagessen in einem Lokal in Albuquerque/Neu Mexiko. Geschossen in einem Moment, als er kurz davor stand, sich eine Gabel mit aufgewickelten Spaghetti in den Mund zu stopfen, und dazu für das Foto lustig die Augen herausschraubte. Doch meine Blicke wurden von einer ganz dicken jungen Frau im Hintergrund angesogen – einer sog. „hawaiianischen Dampfnudel". Unglaublich: Man sitzt irgendwo in Amerika in einem Lokal, und dann landet man auf einem Wandkalender in einer kleinen Küche in Grebenstein, wird von einer reisenden Violinistin betrachtet, und als zu schwer empfunden.

Ich verabschiedete mich für die nächsten 20 – 22 Tage, und fuhr zunächst Richtung Grebenstein-Zentrum, und von dort aus in die weite Welt hinaus. Im Radio liefen Heile-Welt-Schlager.

In „Classique a la Carte" war ein Kinderarzt aus Lübeck zu Gast, der ein Buch geschrieben hat: „Unsere schönsten Jahre", die nämlich zu genießen sind! Sonst sindse weg, und man hat gar nichts von ihnen gehabt, da man immer nur in seinen Nöten und Ärgernissen gefangen war, so wie Onkel Dölein wahrscheinlich?

Wenig später kam ein französischer Harfenist zu Wort, der eine Mozart-Sonate auf seiner Harfe zupfte.

Ratzeburg am Nachmittag:
In der Kirche empfing mich die Wärme mit ausgebreiteten Armen. Ein schönes Gefühl, - fast so schön, als beträte man ein Duschhäusl.
Am Taufbecken lehnte ein kleiner Brief von Frau M. Sie habe nicht warten können.
Doch wenig später zeigte sie sich denn doch, und ich fand die nett! Eine süße, etwas pummelige Dame von gewinnendem Wesen.

Im Künstlerkerker zeigte sich alsbald Frau Susanne Dieudonné, meine liebe Freundin und Herbergsmutti für die Nacht, die schicksalsbedingt leider etwas windverblasen ausschaute.
Der Frank, ihr Mann, war nicht mitgekommen, da er auf die Macher dieser Konzertreihe einen Groll hegt, den er womöglich nicht so gut unter Kontrolle hätt´?
Das Konzert wurde ganz voll. CD´s keine verkauft, so jedoch 500 €uro eingenommen.
Ich war losgezogen um 500 €uro zu verdienen, und schaffte es bereits am ersten Tag!
Von Frau Dieudonné und Frau M. bekam ich so liebe Komplimente zu meinem Spiel.

Draußen über der Kirche sah man einen milchigen Sichelmond, doch trotz der Lampen auf dem einsamen Vorplatz wirkte es stockfinster, und man freute sich auf die Wärme des Autos.

Als ich in der einsam und still wirkenden Siemensstraße ankam, wartete Frau Dieudonné bereits so nett im Lichtkegel neben ihrer Haustüre auf mich.

Sehr warm begrüßte ich mich nun auch mit dem rundköpfigen und hochenthusiastischen Hausherrn Frank.

Gemeinsam fuhr man zum Wirtshaus „Javastein", wo wir im Sommer im Freien zu sitzen pflegten, und ließen uns nun in der warm beleuchteten Wirtsstube am letzten Tische nieder.

Schon im Sommer litt ich bei der Speiseauswahl an einer Entscheidungspein, und nun setzte die sich grad fort.. Schließlich aber bestellte ich irgendeine Speise, und in der rustikalen Wirtsstube breitete sich Behagen aus.

Ich erfuhr, daß die arme Frau Dieudonné leider ganz gefrustet ist: Immer nur Absagen bzw. meist gar keine Antworten, auf ihre so liebevoll gestalteten Konzertangebote, die sie so fleißig herumschickt.

Donnerstag 6. Februar
Ratzeburg - Lübeck

Nieselnd trübe

Am Morgen raschelte jemand leis und zart wie ein Mäuschen, doch als ich mich nach langem Dösen endlich dazu aufgerafft hatte, den Tag beim Schopf zu fassen und mich zu erheben, da war's im Hause mucksmäuschenstill. Der Tisch jedoch war bereits gedeckt.
Die Wohnung, wimmelig-reichhaltig eingerichtet und mit z.T. antikem Mobilar vollgestellt, ist durch Franks bittere Erkrankung jedoch eine Baustelle geblieben.

Es raschelte, und die Susanne zeigte sich.
Leider schläft der Frank in der Nacht immer sehr schlecht, so daß er den verpassten Schlaf am Vormittag nachholen muß. Drum saßen vorerst nur wir Damen beisammen.
Ich erfuhr, daß fast alle Organisten verhaltensgestört seien. Herr S. z.B. könne gar nicht aus sich herausgehen. Er rede kaum, und die Susanne habe zehn lange Jahre gebraucht, um ihn ein bißchen aus der Reserve zu locken.
Wieder wurde jenes große Problem thematisiert, das die Susanne mit Bitternis und steigender Resignation

erfüllt. Keiner weiß einen Rat, auch wenn alle ein bedauerndes Gesicht schneiden und aktiv mitdenken (so auch ich), oder sich zumindest den Anschein geben, aktiv mitzudenken. Sie schreibt so viele Bewerbungen und nie bekommt sie ein Engagement! Es ist wie verhext, und dabei hat sie so schöne Sträuße an wunderschönen Programmen zusammengestellt, und jemand, dem diese Musik nicht gefällt, die hinzu hervorragend und auf höchstem Niveau interpretiert würde, der müsse schon ein Herz aus Stein haben.

Der Frank scheint auch den Grund für das versnobte Schweigen gefunden zu haben: Neid! Dies denkt man so, aber in erster Linie perlen all die schönen Bewerbungen an den verhaltensgestörten Organisten ab.

Auch auf den Rübezahl der Orglerei – den allseits gefürchteten Herrn Behtke - wurde die Rede geschwenkt.

Hi und da gibt´s ein Sammelvorsingen bei den arroganten Kirchenmusikern für ihre Oratorien, und die Susanne empfindet´s als entwürdigend. Gelangweilt sitzen sie beim Tee, die Sänger ringen sich verzweifelt einen ab, und werden dazu gemustert wie Schlachtvieh.

Unlängst leitete die Susanne ein Chorkonzert, und in der Probe sang der Chor ja auch mit einer gewissen Inbrunst. Bloß im Konzert sangen sie alle ganz starr und flachbrüstig, die Susanne ruderte wie blöd herum, um Ausdruck aus den Kehlen herauszuwringen, doch es nutzte alles nichts.

Ich musterte die Susanne verstohlen: Das spitze Näschen und die allzu hellblauen Augen beißen sich ein bißchen mit der großen Herzenswärme, und ihr melodiöses Lachen klingt so überaus sympathisch.

Nach einer Weile saß dann doch noch Hausherr Frank bei uns.

Mitleidsvoll betrachtete ich den gesundheitlich stark Gebeutelten. Ihn, der so viele Bluttransfusionen bekommen hat, daß kaum noch ein Tropfen Blut von ihm selber und seinen Vorfahren stammen dürfte?

„Wer hat das Blut wohl gespendet?" frug ich etwas einfältig auf die Art einer älteren Dame, und der Frank sagte auf seinem leider häßlich anzuhörenden Hamburgisch: „Wahrscheinlich ne Jungfrau!" und dazu lachte er gnitz über sein liebes rundes Gartenzwergsgesicht. Die Susanne lachte glockenhell, und auch ich schmunzelte, wenn man auch gar nicht wüsste, was genau man in diesem Falle wohl beschmunzelt?

Staubsaugoholiker Ming hätte in dieser Wohnung wohl sehr gerne mal zum Huulbesen gegriffen, und einer Schwester von der Susanne war es bei denen zu staubig, so daß sie im Hotel übernachtet hat.

So, wie einst Rehlein, hatte die Susanne immer gehofft, daß man eines Tages Personal einstellen könne, doch dieser eine Tag lässt noch immer unverdrossen auf sich warten.

Der schöne Besuch neigte sich dem Ende zu, aber am Mittag stand noch ein gemeinsames Mittagessen mit einem gewissen „Christian" im 49 km entfernten Travemünde auf der Agenda. Einem Geburtstagsjubilatoren von gestern, und in dies Aufeinandertreffen setzte ich eine unbestimmte Erwartung: Den Blitzschlag der Liebe.

Bevor wir zu diesem beschwerlichen Trip aufbrachen, bestaunte ich noch Susannes Webseite: Sie, als Weihnachtsengel verkleidet, kann man sogar mieten, und zu sich nach Hause unter den Christbaum bestellen.

Ich freue mich auf Ihren Anruf!

Herzlichst,

Ihre Susanne Dieudonné

hatte sie damals noch mit so viel frischer Hoffnung auf die Webseite geschrieben, doch es rief nie jemand an.

„Wenn ich etwas vergessen haben sollte, so gehört es Euch!" wärmte ich beim Abschied ein altes Späßle von mir auf.

„Wenn Du Dein Herz hier vergessen haben solltest, dann gehört es mir!" scherzte der Frank, dessen Verbleib auf Erden absehbar geworden scheint, etwas nostalgisch.

Ich fuhr hinter den Eheleuten her und hörte Radio: Man lauschte einer bewegenden Schumann-Symphonie, aber auch der Nachricht, daß in Bornholm eine Bombe gefunden wurde. Bis um halb eins sollten die Anwohner ihre Wohnung geräumt haben, und ich empfand´s als Albernheit: 70 Jahre lang hatte man unwissend auf der Bombe gelebt, und nun sollte man plötzlich binnen 30 Minuten vor der drohenden Detonation flüchten?

Travemünde bei Regen schaut einfach trostlos und abscheulich aus – grad so wie Husum, „die graue Stadt". Nein, die Welt der Schiffe und Fische in frösteliger Wetterlage mit Möwengekreisch ist nichts für mich. Ein eiskalter Wind bließ, und alles schien bleistiftsgrau.
Unerfreuliche Wolkenballungen am Himmel und hanseatische Senioren auf Erden. Bucklige strenge Frauen mit grauen Schnittlauchlocken, und dumpfe alte kartoffelköpfige Herren, die sich einem nicht so recht einprägen wollen.
Auf dem Wege zum „Fischhuus" mußte sich der gesundheitlich so unschön berempelte Frank noch kurz im Bushäusl ausruhen. Wir Damen liefen voraus, und ließen uns an einem Tisch im Wintergarten nieder.
Um diese Uhrzeit war das Fischhuus noch ganz leer. „Wir warten noch auf zwei Herren!" ließ ich die Wirtin, das personifizierte hormonelle Patt, dick, mit einem weißen Haarkranz und Brille wissen, und

dachte stellvertretend für die Wirtin, daß einer von den beiden wohl der Meine sei?

Da kam aber bereits der Frank, für den schon kleine Wege eine Anstrengung bedeuten, grad so wie einst der Omi ihre 21 Marschrunden um den Tisch herum, die sie von ihren Söhnen aufgebrummt bekommen hatte, um dem Altern auf raffinierte Weise entgegenzuwirken.

An der Wand hing ein Glaskasten mit aufgeklebten Seemannsknöten, den man sich für den leicht gesalzen anmutenden Preis von 80 €uro erwerben und daheim an die Wand hätte nageln können.

Ich bestellte Mattjes mit Zwiebeln und Schwarzbrot, bloß, daß mir das Brot nicht schwarz genug war, dieweil es sich um helles Graubrot handelte.

Nun zeigte sich alsbald der heruntergekommene andere Herr, der nicht den geringsten Plauderschwung in einem auszulösen pflegt. Ein kaputter Typ, wie von der Straße aufgelesen. In seiner Aura versank man augenblicklich in eine Dröge, die zu besagen schien, daß es nichts mehr zu sagen gäbe. Mich erinnerte er an einen mißratenen Sohn, der im Windschatten seiner Eltern ausnahmslos zynische und hohndurchtränkte Worte von sich gibt, ansonsten aber zu schweigen pflegt. Mit leicht verschnupften, frostverkrustet und blassrosa angelaufenen Nüstern, sowie violetten Flecken auf Armen und Händen, drehte der seltsame Gast in einer schlampig zusammengefalteten Haltung an einer selbstzudrehenden Cigarette herum, deretwegen er bald darauf kurz die Tafel verlassen mußte.

Ganz entfernt erinnerten mich seine Züge an den Gaßmann, so daß meine Gedanken die Gaßmanns in Worpswede streiften wie ein kleiner Windhauch.

Meist krispelte der Gast absorbiert an seinem Smartphon herum.

Am Nebentisch nahm eine weißhaarige Omi mit ihren Enkeln Platz. Zwei Buben, zirka 9 und 11 Jahre alt. Einer hatte eine Deckelfrisur und einen entzündeten Nasenwinkel, und der andere hatte bereits jetzt einen nervösen Gesichtstick, so daß es einen Erziehungsberechtigten in den Hand jucken dürfte, ihm eine Ohrfeige herabzuhauen, um diesem Übel ein wie auch immer geartetes Ende zu bereiten.

Wir saßen schweigend und dröge herum, und ich bereute diesen Besuch leicht.

Doch mit den Speisen blubberte etwas Konversationsstoff auf. Man schaute aus dem Fenster, und sowohl die Kirche mit der spitzen Zipfelmütze, als auch das breitblähtscherige Altenheim daneben, will die Susanne als Sängerin nicht hören, und die Begründung war, daß man sich lieber auf Absolventen der Lübecker Musikhochschule spezialisiere.

Wir verabschiedeten uns vor dem Lokal, und ich mußte eine lange graue Straße bis zum Parkplatz hinabwandern.

Auf der Reise nach Lübeck regnete es.
Ich war losgefahren um meinen Onkel Brüdi zu besuchen. Doch strenggenommen ist der Brüdi gar nicht mein Onkel. Er fühlt sich lediglich so an, und ist in Wirklichkeit der Exschwager vom Onkel Rainer in Kanada, der sein altes Leben schon vor Jahrzehnten hinter sich gelassen hat, so daß man ihn kaum noch als Onkel bezeichnen kann, und die Lücke die er hinterlässt mit allen möglichen entfernteren Verwandten ausfüllen möchte, aus denen sich etwas Verwandtschaftsbehagen zapfen lässt.

Als ich in der Elsässer Straße soeben einen Parkplatz ergattert hatte, rief mich mein alter Freund Christian Schulz an, und mittendrin würgte sich das sympathische Gespräch von alleine ab, da mein Guthaben ins Nichts entsickert war.
Damit war mein Strapsband zur realen Welt „vorläufig gerissen", als sich zwei winterlich verpackte Personen aus Brüdis Anwesen auf die Straße lösten: Ehefrau Gertrud & Sohn Anton.
Der Anton wurde zum Bahnhof gebracht, und ich wurde weiter zum Brüdi verwiesen, der wie alle Tage in seiner Geigenbauwerkstatt am Herderplatz arbeite.
Doch zunächst nahm ich Kurs auf Herrn Prof. Scherließ, und diesmal fand ich nicht nur einen Parkplatz, sondern auch den Klingelknopf.

Es surrte, und schließlich stand man nach etwa 20 Jahren seinem alten Musikgeschichtsprofessor gegenüber. Damals wie heute an Tobias Knopp aus der Knopp-Trilogie von Wilhelm Busch erinnernd, wenn auch an einer Krücke hängend. Ob ich störe? Ein bißchen schon, meinte er.
Aber einen kleinen Espresso würde ich doch wohl mittrinken?
„Und wenn Sie keinen Zucker wollen, so bekommen sie auch keinen!" sagte er holsteinisch bodenständig und doch mit einem Augenzwinkern, das man jedoch nicht sehen konnte, da er mir an der Espressomaschine den Rücken zukehrte.

Wir saßen einander im Wintergarten gegenüber, doch leider kadenzierte er jenes Thema, das mich doch so brennend interessiert hätte, schon bald ab: Nachdem er das wunderbare Gutachten für unseren „Musikalischen Sommer" verfasst hatte, habe er einen scheußlichen Brief erhalten, - „vom Anwalt Hillers?", mutmaßte ich, doch es war der Kirsche selber, der sich hierzu herausgefordert sah.
Herr Scherließ sagte Dinge wie, daß es ihm „im Prinzip egal sei", wer die Musik in Ostfriesland mache. Die Hauptsache man mache seine Arbeit gut, ob nun der König oder die Gezeiten.
Doch statt bei diesem Thema zu bleiben, und sich meine flammenden Worte anzuhören, daß dies keinesfalls egal sei, modulierte er weiter zu einem

Thema, das mir doch sehr fern war, und mich kaum interessierte: Zu Herrn Deblon, dem langjährigen Bibliothekar der Musikhochschule Trossingen, dessen Verabschiedung im November Herr Scherließ wegen seiner Hüft-OP leider versäumt habe.

„Das Gegenteil von „gut" ist „gut gemeint"!" sagte Herr Scherließ.

Dann erzählte er vom Kabarettisten Frank Golischewski, der bei ihm zu übernachten pflege, und ich selber war's, die das Gespräch angenehm knapp hielt.

„Ich kann nur warnen vorm Älterwerden!" sagte Herr Scherließ säuerlich scherzend, da er sich mit Verdrießlichkeiten dreierlei Art auseinandersetzen muß:

Hüftschaden, Herzproblemen und Depressionen.

Zum Abschied schenkte ich ihm noch meine CD, und dann fuhr ich weiter zum Herderplatz, um den Brüdi in seiner Geigenbauwerkstätte unter dem Dach zu besuchen. Er mit seinen abstehenden Haarresten wirkte etwas fahrig, und hatte hinzu grad Kundschaft.

Mein Blick fiel auf ein rosa Arztblatt, das einfach lose herumlag, und dem zu entnehmen war, daß sich auf Brüdis einem Schulterblatt ein Melanom von 0,6mm Länge niedergelassen habe.

Abends in der Elsässer Straße:
In der Küche lagen hunderte von Fotos vom kleinen Johann, dem ofenfrischen einzigen Enkelkind der Eheleute – gezeugt von Sohn Anton und einer Dame mit Namen Constanze.
Der kleine Johann sei sehr leicht zu erheitern, erfuhr ich. Auf nahezu jedem Foto lacht der kleine Schelm! Besonders wenn man chinesisch spricht, so lacht er.
Die Gertrud bereitete eine kleine Brotzeit vor, während ich mich mit dem Ehepaar ausnehmend gut verstand.

Die Gertrud ist eine ungewöhnlich gute und fleißige Fagottistin, der bereits mehrere Werke gewidmet wurden. Sie übt jeden Tag fünf Stunden lang Fagott, und ich machte ihr ein Kompliment: Immer wenn ich die Rie* blasen höre, so denke ich: "…aber die Gertrud hinter den sieben Bergen…" (Das denke ich wirklich.)
*Eine junge Japanerin, deren üppige Pfunde über den Rand ihres Kleides quellen, und die im entlegenen Fach „Fagott blasen" bzw. „Fagotto buraadsen" überall die Preise absahnt.
Der Brüdi erzählte, daß sein Exschwager, mein Onkel Rainer, auf seiner Deutschlandreise krankheitsbedingt nicht zu Besuch gekommen war, und dabei hatte sich der Brüdi soooo auf ihn gefreut! Ich erzählte, wie sich Onkel Dölein in Florida hauptsächlich von Crunchy und Müsliriegeln

ernähre, und wie er eines Tages Exwitwer wurde, indem seine Exe, die Christa, starb.

Dann erfuhr ich, daß Frau M. (die nette Kantorin von gestern) ein unfaßbares Schicksal zu verkraften hat: Ihr Mann schwängerte eine Schülerin und verließ sie – und ihr 19-jähriger Sohn kam bei einem Hausbrand ums Leben. Ein junger Kontrabassist, der so außerordentlich nett und freundlich gewesen war.

Für den Abend hatte man zwei Herren zum Quartettspiel herbeordert, und diese Herren waren nett! Einen Herrn mit Namen Meinolf (Musiklehlehrer aus einem Gymnasium im Sauerland), und den grzimekartigen „Herrn Schmidt", der immer interessante und entlegene Noten mitbringt.
Wir spielten Mendelssohns Streichquartett op. 44/1, dann ein Quartett von Arthur Foote (1853 – 1937), und schließlich auch noch ein Quartett von Woldemar Bargiel (1828-1897), dem Halbbruder von Clara Schumann.

Im Nebenzimmer war eine kleine Brotzeit bei Kerzenschimmer für die fleißigen Musikanten hergerichtet worden, doch die Gertrud hatte sich bereits retiriert.
Beim Zuprosten wurde leider etwas Wein auf der Tischdecke versprenkelt.

Wir sprachen über Tschechow, und der Brüdi wirkte so ernst. Alle Sätze, die er so anbrachte, klangen durchgeistigt, und auf durchgeistigte Weise berichtete er nun von seinem leicht entflammbaren Orchesterkollegen Ottokar Horeschi, der nur der Liebe lebt.
Unlängst habe er schon wieder eine Frau kennengelernt, und sich aus dem Staube gemacht, statt zum Dienst zu erscheinen! ereiferte sich der Brüdi, denn besorgt sieht man es kommen: Ist der Liebesrausch erst abgekühlt, so ist womöglich auch das Orchesterpöstchen weg?

Zu später Stund kehrte der Anton aus Rostock zurück.

Freitag, 7. Februar
Lübeck

Ein einfach abscheuliches Wetter
wie auf den ostfriesischen Inseln,
wenn es ganz besonders regenperlig und kalt ist

Ich schlief in jenem kleinen Kabüff, wo normalerweise der Brüdi nächtigt, da bei denen das Kapitel Erotik vermutlich abgeschlossen ist?

Aber man will nichts gedacht haben.

Vor dem endgültigen Einstieg ins Bett durfte ich noch Mails zapfen, doch nur eine Mail war erfreulich: Onkel Dö machte mir ein Kompliment, daß ich so schön schreiben könne. Doch nicht jedem sei dies vergönnt, und er für seine Person skype lieber.

Um mir allerdings eine kleine Freude zu machen, hatte er einen bitteren Brief vom Brünnert beigefügt, dem zu entnehmen war, daß die Brünnerts jenen Ärger, den wir mit der Ostfriesischen Landschaft ausfechten, mit ihrem eigenen Exschwiegersohn durchleben und durchbeben müssen.

Das großelterliche Geld, das doch für die Enkel gedacht war, habe er einfach für sich verprasst!

Mit diesem frischen Wissen behaftet begab ich mich zu Bett und schlief ausgezeichnet

Ich wachte von alleine auf, und im Hause war's so still – wenn man's in dieser seltsam schwebenden Stille, in der die Zeit zum Stillstand gekommen schien, auch leise rascheln hörte.

Anton und Gertrud saßen zu Tisch und sangen leis ein Lied.

Auf dem Tische stand ein köstliches Müsli. So köstlich, daß man die schönen Dampfbrötchen, die doch extra mir zu Ehren gekauft worden waren, darüber ganz vergaß.

Und somit sprach man nun über dies einzigartig köstliche Müsli: Zusammengemixt aus sonnengereiften Orangen, Äpfeln, Nüssen und Granatapfelkernen, entfermentiertem Reis, Hanfsamen, Chiasamen und vielem mehr.
Wir begannen uns ausgezeichnet zu verstehen, und die Gespräche modulierten in jene Ecken und Winkel hinein, die einen derzeit beschäftigen.
Ob sich der Anton nach seinem Studium für den Posten des Hochschularztes in Rostock bewerben könne? Mir war Antons leicht belustigtes Lächeln so kostbar – doch wie es bei denen so ist: Ständig klingelt das Telefon, und so auch jetzt:
Der fleißige Brüdi, der bereits früh in die Werkstatt aufgebrochen war, rief an und verkündete, daß er soeben einem schweren Unfall entgangen sei. Gertruds entgeisterte Ausrufe wischten uns jegliche lose Belustigung vom Gesicht, auf dem sie doch eben noch zu sehen gewesen war, um einem Ausdruck Platz zu machen, der besagen sollte, daß man auf das Schlimmste gefasst sei.
Doch hört selber:
Der Brüdi hatte ein Bild an der Wand zurechthängen wollen, das ihm etwas schief schien, und in seiner Eile hatte er sich ein Kletterprovisorium aus Herumliegendem zurechtgebastelt. Dies war dann unter seiner Last zusammengekracht, und der Brüdi wurde bei der Wucht des Einsturzes über das Treppengeländer hinübergespült, konnte sich nur an der

untersten Ecke mühsam festhalten und drohte drei Stockwerke in die Tiefe zu stürzen. Im hohlen Schlund des Treppenhauses ruderte er hilflos mit den Beinen.

Zum Glück waren die Mieter im zweiten Stock, anders als geplant, doch noch nicht in den Urlaub entwichen. Sie eilten herbei und konnten ihm, der nurmehr an einem spinnwebsfeinen Lebensfaden zu hängen schien, helfen.

Was aber, wenn die, wie vorgehabt, doch schon in den Urlaub aufgebrochen gewesen wären?

Von dieser Geschichte, und den vielen Gedanken, die dem Geschehen wie Schmeißfliegen hinterherschwirrten, hat sich die Gertrud nicht mehr erholt, und starb noch am selben Abend. ← So könnte es nun hier zu lesen stehen, doch in Wirklichkeit war´s so, daß sich die Gertrud zwar nicht mehr erholt hat, doch sie lebte weiter….

Der Anton mußte zum Arzt und hernach ein Fortbildungsseminar besuchen, und so war ich eine Weile lang mit der Gertrud allein. Eine kostbare kleine Weile, in welcher es viel schöner war als mit der Bea.

Ich bekam eine Geburtsanzeige vom kleinen Johann geschenkt, durfte mir ein Foto aussuchen, und entschied mich für eines, das den kleinen Johann als fröhlichen Wonneproppen zeigt.

Und dann durfte ich auch noch das Yara-Büchlein aus dem Auto holen.

Die Gertrud hatte nämlich ein eben solches Büchlein über den kleinen Johann geschenkt bekommen, und nun tauschten wir unser Büchlein aus, krümmten uns interessiert darüber, und studierten es mit Entzücken.

In Johanns Büchlein stand unter den Bildern viel Geschriebenes dabei - leider in einem fremden Humore, der mir persönlich leicht peinlich wäre. Auf einem Foto hielt der frischgebackene Opa Brüdi mit liebem Lächeln seinen Enkel im Arm und dies, obwohl es der Brüdi nicht so mit Kleinkindern hat. Doch für das Foto machte er mal eine Ausnahme.

„Den könnte die Yara mal heiraten!" sagte ich keck, „wenn es mit dem George nicht klappt!"

Dann fuhr ich zur Werkstatt hin.

Die Sonne schien zwar ein bißchen, aber es handelte sich lediglich um einen Frühjahrsputzwischwasser-Sonnenschein.

In der Werkstatt herrschte wie immer ein reges Treiben. Kaum hatte die Tür für mich gesurrt und ich ein paar Stiegen erklommen, da klingelte es auch bereits erneut an der Türe. Eine junge Dame brachte einen gebrochenen Geigenbogen in die Ordination, der ausschaute, als müsse er geschient und in Gips gehüllt werden, und da tönte auch bereits wieder das Telefon…

Der Brüdi begutachtete meinen Geigenkasten, doch es schien mühsam, ein neues Schloß anzubringen, und somit riet der Brüdi zu einem neuen Kasten. Dann nahm er meinen Bogen zur Hand, und legte hierzu eine Schallplatte mit dem Hollywood-Quartett auf, das für seine gefühlvollen Interpretationen bekannt ist, und nun *unser* Borodin-Quartett zusammenschnulzte.

Ich saß neben dem arbeitsamen Brüdi und schaute gebannt zu, wie kunstfertig er an meinem Bogen arbeitete.

Zum Schluß schenkte er mir ein kostbares Saitenkomplettset, das so teuer ist, daß es sich nur Spitzenverdiener leisten können.

Wir verabschiedeten uns innig, und ich fühlte mich mit den schönen Saiten so reich beschenkt.

Fahrt nach Hamdorf:
Ich legte eine Rast im grauen und trostlosen Bad Segeberg ein. Dort parkte ich auf dem großen Edeka-Parkplatz zu Stadtbeginn, und lief in die wurstförmig gehaltene Innenstadt hinein, aus der eine grünspanig-modrige Kirchturmzipfelmütze verschlafen in die Höhe ragte.

Mitten in Bad Segeberg dachte ich an den Bischof Tebartz-van-Elst, der mittlerweile aus Afrika heimgekehrt, und wieder in Limburg sei.

Ich stellte mir vor, wie er twittert: „…nach ausgiebigem Champagnerbad…"

Weiterfahrt: Es wurde regnerisch, und grobklotzige LKWs bespritzten mein Auto.

In der Zeitung las man von einem abscheulichen Verbrechen in Elmshorn:
Bei einem Brand kam eine Mutter mit ihren beiden Söhnen ums Leben. Irgend jemand hatte einfach einen Kinderwagen in einem Hausflur in Brand gesetzt, und ich hatte auch augenblicklich einen passenden Verdacht: Womöglich eine Frau mit hysterischem Kinderwunsch, wie das böse Uschilein? Etwas, was man ja wohl bei „Allmy" posten könnte, und augenblicklich würden Schwärme an anonymen Hobbydetektiven herbeischwirren und darüber diskutieren.

Das Wetter war so was an unfreundlich. Gischtend graues Waschstraßen-Küstenwetter.
Ich dachte an „meine" Frauke B., eine Dame, die ihre Mails doch immerhin mit „Ihre Frauke B." zu unterschreiben pflegt, und dennoch klingen ihre Briefe kühl und zurückhaltend. Jetzt aber dachte ich mir aus, *daß dies die Frauke aus meinen Studienjahren sei, die mittlerweile geheiratet, und sich zur Pastorin hat umschulen lassen?*

Hamdorf am Nachmittag:
Im Gemeindehaus hörte ich die pastorale Grabesstimme einer Frau, jugendkonforme Frömmigkeiten auf die Konfirmanden einleiern. Die Stimme passte so etwa zu dem Bildnis von Frauke B., das ich mir gemacht hatte.
Ich klingelte nebenan am Pfarrhaus, und mir öffnete ein unglaublich ernstes Kind undefinierbaren Geschlechts.
„Ist jemand von den Erwachsenen da?" frug ich hilflos.
„Meine Mutter ist nicht anwesend!"
(Irgendetwas dieser Art sagte das ernste Kind ganz ernst.)

Die Straßen hier heißen „Bi di Kark" und so ähnlich, doch sonderlich sympathisch ist mir diese karge Sprache eigentlich nicht. Ich setzte mich ins Auto und notierte die kleinen Verdrüsse und Freuden meines Lebens ins Tagebuch, während der Waschstraßenregen das Auto überspülte wie einen Schildkrötenpanzer.
Durch die Frontscheibe hindurch sah man nach einer Weile ein warmes Licht in der Kirche aufleuchten.
Ich entstieg meinem Auto, und ließ mich vom nassprenkelnden Sturmwind in die warmbeleuchtete Kark hineinpeitschen, in der es leider leicht, so doch durchdringend nach warmem Urin roch.

(Es handelte sich jedoch nur um eine unschuldige Pflanze, die diesen so unangenehmen Geruch verbreitete.)

Oben orgelte ein junger Orgler, und ich wartete ein Klangloch ab, um ihn mit einem „Hallo" zu bewerfen.

„Hallo" tönte es pubertär und krächzelig zurück, und ich bildete mir ein, er würde rasch zusammenräumen um das Weite zu suchen.

„Ich wollte Sie aber nicht vertreiben!" bettete ich mir bereits höflich klingende Worte auf der Zunge zurecht, doch dies hätte man sich sparen können, denn das Getute ging alsbald unverdrossen weiter. Ich mußte an Rehlein & Ming denken, die an dieser Stelle forsch zugange getreten wären.

„Erlauben Sie mal! Ich hab heut abend ein Konzert!" (Mit nachdrücklicher und konsternierter Betonung auf „zert").

Doch statt dererlei hinaufzubellen studierte ich den leicht anämischen Aufsatz, den die Pastorin Frauke B. über ihre ersten hundert Tage im Amt, als Grußwort für den Gemeindebrief verfasst hat:

𝓓𝓪𝓼 𝓕𝓮𝓾𝓮𝓻 𝓲𝓶 𝓚𝓪𝓶𝓲𝓷 𝓹𝓻𝓪𝓼𝓼𝓮𝓵𝓽, und dann folgte eine Auflistung all der Gegensätze, die diese hundert Tage bereits „gebracht" hatten, wie sie sich leicht undichterisch ausdrückte: Ärger und Freud, Freud und Leid← listete sie nach Art vom Gossen-Goethe Wagner von der BILD-Zeitung fast lustvoll auf, und

streckte den kleinen Artikel damit etwas in die Breite.
Schließlich betrat eine Dame mit großflächigen weißen Zähnen die Kirche. Die Orgellehrerin vom Alexander, der da oben herumfingerte. Freundlich stellte sie sich vor.
Nur zum Konzert könne man leider nicht kommen – man sei eingeladen!

Schließlich übte ich u.a. das Paganini-Konzert, um mich in Form zu bringen, doch ich fand, es klang alles so unedel und bodenständig, und ich mußte an jene feinnervigen Interpreten denken, die die Flöhe husten hören, und immer unzufrieden sind. Ob man sich an denen mal ein Beispiel nehmen sollte?
Zu meinem Violinspiel und den hinzugehörigen Gedanken wurde es dunkel. Hi und da zeigte sich jemand, und ich als Einsame und von der Welt Vergessene, freute mich über neue Bekanntschaften: Eine Frau namens Karin, die sich in der Zeit geirrt hatte. Den Meßner, Herrn Mahler, und eine freundliche Frau, die als Kartenabrupferin angemietet oder berufen worden war.

Die Kirche füllte sich.
Ich stand im Wandschrank im hinteren Kirchenwinkel, kleidete mich an und lauschte dem Geplapper der Musikfreunde. Harmlosem Gebabbl. Schließlich begann´s.

24 Hörer hatten sich eingefunden, und eine hefegesichtige Kolchosearbeiterin in der ersten Reihe schaute immer ganz ernst und lächelte nie. Wie man es sich von mir gewünscht hatte, erzählte ich etwas zu den Werken:
G-moll sei eine höchst dramatische Tonart, faselte ich, und zählte die Sätze auf, wobei, wie ich zu meinem Schrecken bemerken mußte, der Stil von Frauke B. bereits auf mich abgefärbt hatte: Eine „aufgebrachte Fuge", ein „prasselndes Presto" passend zur Jahreszeit.← Gelächterheischend. (Dererlei sagte ich.) Doch im E-Konzert traut sich niemand einfach loszulachen.

Dann war's vorbei, und man stand noch zu einem kleinen Umtrunk beisammen.
Die Kolchosearbeiterin arbeitet hier in der Kirche als Organistin, so erfuhr ich. Neben ihr stand Frau B., eine Frau mit schickem schwarzen Bubikopf und modischer Brille, und eine andere Dame kannte mich bereits aus Bündsdorf. Mit einem Lachen erinnerte sie sich an den jungen Mann, der mich einmal unterrichten wollte.
Dieser junge Mann kam aus Polen, und war sehr eifrig. Er befrug mich gleich, auf welcher Saite ich wohl am liebsten streiche, und tippte auf die D-Saite…doch über dererlei hatte ich mir noch nie Gedanken gemacht. Ebensogut hätte man fragen

können: „Welchen ihrer Finger betätigen Sie am liebsten? Ich tippe mal auf den Zeigefinger…?"

In peitschender Regennacht geleitete mich diese freundliche Dame noch zu meinem Auto und freute sich darauf, daheim meine frischgekaufte CD vorzuführen. „Da hört ihr, was ihr verpasst habt!" wollte sie sagen, und: „in Echt ist´s noch viel schöner!"
Viele Leute, die sie ins Konzert hat locken wollen, hätten so komische Ausreden parat gehabt: „Da wollten wir ein Video anschauen!" oder „da wollten wir eigentlich kochen!" (Beispielsweise.)

Zu den Klängen einer Barockoper fuhr ich in dieser harschen Wetterlage ins 56 km entfernte Kiel, und der Knivsberg, wo die Tante Irma lebt, war schon wieder so zugeparkt, daß man sich auf eine Odysée gefasst machen mußte, doch dann fand sich ja doch noch eine kleine Lücke für mich.
Die Irmi hatte mir den Schlüssel in den Briefkasten gelegt, und soeben war der Abendfilm zuendegegangen. Ich wurde mit Fröhe empfangen, da ich ein Lichtblick in der Einsamkeit bin und war.
Bald darauf machten wir es uns in der Wohnstube gemütlich, und packend erzählte die Irma, wie die Ehe von Wolfgang und Sabine aus ihrem Bekanntenkreis in die Brüche ging: Vor zehn Jahren hatte man in Eckernförde mit dem größten Pomp

geheiratet, und bis zum Schluß habe niemand bemerkt, daß es bei denen kriselte!

Ferner erzählte die Irma vom Zeugnis ihrer 14-jährigen Enkelin, dem Luzilein.

Das Luzilein war sehr enttäuscht, in Deutsch, Geschichte und Philosophie je keine Eins bekommen zu haben, obwohl sie in diesen Fächern sehr gut sei, und von ihren Lehrern auch stets gelobt wurde.

Doch der eine weise Lehrer sagte: „Beruhige dich, Kind! Ich gebe grundsätzlich keine Eins, denn niemand ist so gut, als daß er nicht noch besser werden könnte."

Dies sah das kluge Luzilein ein.

Schwiegersohn Anselm platzt vor Stolz auf seine kluge Tochter schier aus allen Nähten, und Omi Irma findet dies übertrieben und lachhaft.

Ich wiederum erzählte vom Beätchen, und leider ist kein Loblied daraus geworden.

Ich berichtete von ihrem Sekundengeiz und der Neigung, jemanden einfach nach dem von ihr gefassten Bildnis zu behandeln, das meist völlig falsch ist.

Von Onkel Dölein erzählte ich auch:

Wie er in Naples/Florida ein einsames und langweiliges Leben im 13.* Stockwerk eines Hochhauses führt, und von uns hier in Europa schrecklich vermisst wird!

*Da viele Amerikaner leider sehr abergläubisch sind, wurde die Miete für den 13. Stock, den man hinzu in 12a umbenannt hatte, stark verbilligt. Etwas, das dem Schwaben Dölein nur recht sein konnte.

Samstag, 8. Februar
Kiel

Grau, windig, leiser Sprenkelregen

Ausgezeichnet geschlafen habend erhob ich mich alsbald, um gemütlich mit der Tante Irma zu frühstücken.
Ich erfuhr allerlei: Wie es z.B. damals war, als man den Kurt* kennenlernte: Man besuchte die Familie von Onkel Ottos Bruder in Bad Godesberg, und die junge Irma erwartete höchst vornehme Leute, und war ganz unsicher, wie man sich wohl kleiden solle? Und wenn´s auch an einem heißen Sommertage war, so zwängte sie sich dennoch in seidene Strümpfe, weil sie gemeint hatte, derart gehobenen Menschen nicht mit bloßem Beinfleisch entgegentreten zu sollen. Leute, wo die Kinder bereits studierten! Doch der Opa öffnete denen in einer winzigen Dreiecksbadehos!
*Kurt: unser Opa mütterlicherseits, und Irmas Schwager

Die Irma sprach vom Haarefärben: Hat man erst einmal damit angefangen, so muß man's bis in alle Ewigkeiten weiterführen, denn sonst sähe es ja bald unmöglich aus: Hälfte weiß, Hälfte gefärbt!
Sogar ihre 84-jährige Schwester Lydia färbt immer noch, wie sie am Telefon kleinlaut gestand.
Mein Blick fiel auf jenes Foto an der Wand, das die Lydia in jungen Jahren im Strandkorb zeigt.
Sie sähe ja aus wie die Irene in Ofenbach, ließ ich wissen, doch ob diese Botschaft in Irmis welken Ohren angekommen ist – bzw. ob sich damit wohl etwas anfangen ließe?
Dann sprachen wir davon, in die Kunsthalle zu gehen, auch wenn's in dieser Wetterlage so ungemütlich schien, die Frühstückstafel überhaupt aufzuheben.
Ich hatte mein Auto so geschickt umgeparkt, auch wenn's ein Vorgang mit Haken und Ösen war, und während der Zeitspanne des Umparkens fühlte ich mich an wie eine Verschwundene, deren Verbleib absolut rätselhaft ist.
Doch nun parkte mein Auto direkt an der Hausmündung, so daß man es nicht mehr so gern hinwegbewegte.
Das Wetter, so häßlich es auch gewesen sein mag, war an einer Stelle interessant: Über einem Backsteinhaus gegenüber der Straße, hatte sich die Sonne nach Art einer Glühbirne aus dem grauen Wolkengebräu herausgearbeitet.

Die Irma erzählte von der Ehemisere ihres Neffen Jörg, der eine Jugend-freundin wiedertraf, und das Zusammenleben mit seiner Frau Goscha fortan als unhaltbar empfand. Vor 20 Jahren hatte man nach polnischem Recht geheiratet, wo im Falle eines ehelichen Scheiterns aufs Aufdringlichste nach der Schuld herumge-stochert wird.
Die Goscha will sich nicht scheiden lassen, und der Jörg muß fortan alles mit ihr teilen. Lädt dies zum Mord nicht so quasi ein?
Der 20-jährige Sohn weiß gar nicht wohin mit sich. Soll er vielleicht zu seiner Mutter in die enge Zweizimmerwohnung ziehen, und sich ihr Gejammer anhören?

Nach einer Weile brachen wir tatsächlich in die Kunsthalle auf.
Es pfiff ein eisiger Wind, und von der Stiege aus stürmte die Irmi nochmals ins Haus, um bald darauf mit einer zierenden Haube zurückzukehren.
Die Irma findet sich ja leider häßlich, doch vielleicht sollte man sich einfach „in Öl gepinselt" oder „Spiegel der Gesellschaft" umdeuten und überlegen, ob dies Bildnis wohl einen künstlerischen Wert besitzt?
Im Bushäusl war ein Riesenposter von Heidi Klum, mit so quasi entblößten Brüsten angebracht, und nur die Brustwarzen selber waren bedeckt.

Bald schon wurden wir vom Bus eingesammelt, und hier konnte man nun eigenäugig feststellen, daß es heutzutage kaum noch vier Leute ohne Smartphon hintereinander zu sehen gibt. Die Irma nickte einer Dame, mit der sie den Gymnastik-Kurs besucht, grüßend zu. Doch diese Dame sah seltsam windschief aus, und schien von zwielichtem und gestörtem Charakter.
Ganz verschlossen, und nach Art einer Eichel bemützt.
Beinahe wäre auch die Kunsthalle geschlossen gewesen – leblos, wie sie nach Art eines Altersheims in den weichgeschwungenen Hügel hineingeschmiegt war. Matt & lieblos beleuchtet.
„Dann müssen wir spazieren gehen!" sagte die Irma, doch ich hasse diese trostlosen Spaziergänge in scheußlicher Wetterlage am Fjord.
Wie schön also, daß die Kunsthallentüre ja doch nachgab.
Unfroh bezupfte die Irma ihre platten, traurig herabhängenden Haare, die sie so bald als möglich zum Frisör zu tragen gedenkt, und beklagte ihre Häßlichkeit.
„Du bist doch nicht häßlich!" sagte ich nach Art einer lieben Enkelin. „Häßlich bin ich!"
„Fast alle Leute finden sich häßlich!" begann ich sodann etwas tröstend-philosophisches zusammenzufaseln, als wir die breite Treppe zum kulturellen Geschehen hinanstiegen.

Der Besuch in der Kunsthalle begeisterte mich, und mir gefiel es zudem, daß die Irma sich als äußerst interessiert und kunstkundig erwies, zumal ich dazu neige, die Peinlichkeiten in der Kunst durch die Sinne anderer stark mitzuempfinden: Was manche da für einen Unfug zusammenpinseln!

Jemand hatte ein großes DDR-farbenes Bild gemalt, (staubig militärgrün-grau) auf dem es sehr viel zu sehen gab. Panzer, Soldaten und vieles mehr.

Ein anderer Maler hatte einfach herausgerissene Tagebuchblätter mit bitterem Text in Öl nachgepinselt.

Ein kleiner, nur einminütiger Kurzfilm begann mit Höflichkeiten, und endete mit einem Mord:

Ein Herr bot einer Dame sehr höflich einen Platz an seinem Tisch in einem feinen Restaurant an, und die Dame nickte ihm noch höflich dankend zu. Doch als sie sich dann niedersetzen wollte, riss der boshaft veranlagte Herr den Stuhl einfach weg, und die Dame stürzte unschön zu Boden.

Man prügelte sich, und dann stieß ihm die erboste Frau ein Messer einfach in die Brust.

Mir schien, als wolle man mit diesem kleinen Film 50 Ehejahre in eine Minute eindampfen.

Dann wiederum standen wir in einer Schleuse mit Bildern aus Onkel Eberhards Interessensradius, so daß ich naturgemäß an den Eberhard denken mußte, und auch etwas über ihn erzählte:

Es gäbe einen Alltags- und einen Festtagseberhard, und diese beiden seien grundverschiedene Menschen.

Nach dem Kunstgenuß wandelten wir die scheußlichen Fjorde unter dem scheußlichen Wetter ab, um ein Caféhaus zu suchen, und die Irma erzählte, wie sie sich hi und da noch mit ihrer jüngeren Kollegin träfe.
Als man sich seinerzeit kennenlernte, war die Kollegin direkt ein wenig „spitz", dieweil ihr ja einfach jemand ins Gehege gesetzt worden war.
„Das ist aber *mein* Zimmer. Da hänge *ich* Bilder auf die *mir* gefallen!" (Habe sie gesagt.)
Dann hängte sie sich Kalenderblätter von Renoir auf, und die Irma rief aus: „Das sind Bilder, die auch mir gefallen!"
„Ach, die Alte ist ja gar nicht so übel!" lachte die Irma gerührt in der Erinnerung über diesen Gedanken, den die andere (dem Sinne nach) wohl gedacht haben könnte.
„Das hat die gedacht??" hakte ich interessiert nach. „Die Alte??"
Wir besuchten ein Glaspavillons-Café, aus dem man nun fassungslos auf diese geballte Gräue und Trostlosigkeit draufschauen konnte, bestellten uns große Cappuccini, die Irma einen Blechkuchen mit sagenhaft appetitlicher Sahnehaube, und ich wiederum einen dreieckigen spanischen Mandel-

kuchen, und die Irma sprach darüber, wie überflüssig man wird, wenn man alt ist.

Niemand dächte heut noch groß an den Onkel Otto, und meint man vielleicht, am 100. Geburtstag hätte sich jemand bemüßigt gefühlt, an ihn zu denken, oder mal einen Kranz zu ordern, oder den Friedhof zu besuchen?

Hätte die Irma dies angeregt, so hätte man allgemein wohl anstandslos einen 20 €uro-Schein gezückt, von alleine aber?

Irmas Ältester, der Frank, erzählt immer gerne von sich, doch auf die Idee, seine alte Mutter mal zu fragen wie es *ihr* ginge, kommt er nie. Sie könnte an Krücken aus dem Krankenhaus kommen, und er würde gar nicht auf die Idee kommen, zu fragen was passiert sei.

Alle Wege in Kiel sind weit. Nun z.B. jener zum Bushäusl, wo man jedoch lesen mußte, daß man 21 Minuten lang auf den nächsten Bus hätte warten müssen.

Also liefen wir die unendlich lange Strecke ab.

Wir liefen zirka 44 Minuten lang, besuchten allerdings kurz vor zuhaus noch eine Bäckerei, wo die Irma felsenförmiges Brot kaufte.

Wieder daheim:

Auf rührende Weise wichste die Irma meine Stiefel, und hernach gab´s Tee.

Die Irma klopfte an meine Türe und rief gelöst:
„five o´clock tea!"
Serviert wurde der Tee in den hochfeinen Teetassen
mit Goldrand, die Irmas Jüngste - Tochter Heidi -
aus London mitgebracht hat.
Wir genossen den köstlichen Tee, und die Irma
erzählte vom Betrieb: Wie sie, als „nichtver-
mittelbar" angesehen, auf den Tisch hauen mußte.
Dadurch schaffte sie dann den Sprung ins
Ministerium,←um die Geschichte, wie vom
Beätchen empfohlen, knapp auf den Punkt zu
bringen.
Viel schöner jedoch wäre es, die Geschichte mit
allen Details kunstvoll nachzuerzählen.

Am Abend hatte die Irma so rührend gekocht:
Es gab Blumenkohl mit einer sämigen Butter-Sahne-
Soße, goldgelbe Kartoffeln und gekochte Schinken-
inseln, kross nachgebraten.
Ich lüftete einen kleinen Teil meines Innenlebens,
und erzählte, daß ich so gerne Blumenkohl äße.
Sollte ich mal wieder zum Frisör gehen, so will ich
mir eine Blumenkohlfrisur jener Art richten lassen,
wie sie auf dem Haupt einer über 50-jährigen Dame
doch wohl erwartet würd´?
„Neulich wurde mir wie selbstverständlich eine
gemacht!" spielte ich auf meine neue Frisur an.
Doch ich glaube, die Irma versteht meine Scherze

rein akkustisch nicht, und gibt Antworten in denen der Scherzesgrad ungewürdigt bleibt.
Ich erzählte von Opas Naschlust:
Ständig schlurfte der müde alte Tatterich zum Kühlschrank, um sich einen Fingerhut Granoton zu gönnen, bis ihm ganz durmelig zumute geworden war. Die Geschichte machte einen kleinen modulatorischen Hasenhaken, und ließ sich somit nicht mehr so recht an vorhergegangene Worte anheften, indem man nun nämlich darüber sprach, daß der Opa einmal leider so schlecht Auto gefahren sei, daß Onkel Dölein als Beifahrer aschfahl wurde.

Tante Irma und ich verbrachten einen gemütlichen Hebeabend, der ab den 20 Uhr-Nachrichten bis in den neuen Tag hineinragen sollte, und somit direkt ein wenig lang wurde. Doch gottlob ist fast alles, was die Irma erzählt, interessant, hörens- und aufschreibenswert.
Zunächst erzählte sie von ihrem Schwiegersohn Anselm und seinen Schulden:
Für 22 000 DM zahlte die Irma den jungen Leuten im Laufe der Jahre die Miete. Dann lieh sie ihrem windigen Schwiegersohne auch noch 5000 €!
Doch einmal bestellte sie ihn um ½ 11 Uhr Vormittags zu einem Finanzgespräch, und wie in dem Buch „Wir müssen über Kevin reden" sagte die Irma: „Anselm, wir müssen über Geld reden!"

Da wurde der Anselm ganz kleinlaut, und die weise Irma gab ihm 14 Tage Zeit, um seinen Chef aufzusuchen, und um eine Gehaltserhöhung zu bitten. Dort solle er all seine Tugenden aufzählen, und 200€ vorschlagen.

Dies tat der Windige schließlich brav, und richtete bald darauf einen Dauerauftrag für seine Schwiegermutter ein.

Dafür erließ ihm die Irma die 22 000 DM Schulden für die Miete, und nun kann man sich wenigstens wieder in die Augen schauen, wenn die Irma in etwa 20 Jahren ihre 5000 € wieder beisammen hat.

Als sich die Irma allerdings direkt ein wenig ungestüm ihren dritten Wein eingeschenkt hatte, geriet sie etwas außer Rand und Band, und verbiss sich regelrecht in das Thema, daß sie sich bei einem Konzert kein Urteil erlauben würde: Sie würde nichts über Intonation und Rhythmik sagen - höchstens vielleicht ob sie etwas berühre oder nicht.

Wir sprachen über den hohen Ärgerlichkeitspegel, wenn das Weinglas umkippt und die cremefarbenen Polster besudelt.

Geistesgegenwärtig hatte die Irma unlängst eine Weinflasche, die an der Famila-Kasse durch die Lüfte flog, mit der Kniekehle aufgefangen. Doch nicht immer ist die Irma so geschickt. In Amerika z.B. hat sie mit der Autotür ihres anderen Schwiegersohnes Christoph ein fremdes Auto verbeult. Dies passierte der Irma zwiefach im Leben

– je in Christophs Auto, so daß der Christoph in diesem Punkte bereits über sie stöhnen mußte, und ein ganz falsches Irmabild mit sich herumträgt. Die Irma holte die Fotos aus New York herbei, und begann lebhaft zu erzählen: Man habe die Met und den Grand Zero besucht…. Auf einem Foto sah ich endlich mal meine Großkusine Heidi, und die Irma sagte: „Sie ist keine Schönheit!"
Die zugeschickten Fotos hatte Irmas Bruder Adolphe mit einer schönen Postkarte ummäntelt. „Auch Dein verschollener Hut ist verewigt", schrieb er augenzwinkernd.
Dann machte sich die Irma wieder Luft, daß sich zu Ottos Beerdigung niemand von den Rothfußs geregt habe.
„Das hat mir weh getan!" sagte sie.
Von der Beerdigung von Anselms Vater gab´s ja auch noch so allerlei zu erzählen.
„Der „Familienmensch"" nannte sie den Anselm mit einem gewissen Hohn in der Stimme.
Dadurch, daß der Anselm ja seit Jahren kein Wort mehr mit seiner Familie gewechselt hatte, hätte er sich sehr gerne vor dieser sauren Beerdigung gedrückt, doch die Irma redete ihm ins Gewissen. Und so fuhr er brav hin, und brachte Irmas Gesteck mit.
Und dann sprach er nach etwa 18 Jahren endlich mal wieder ein Wort mit seinem Bruder.

Sonntag 9. Februar
Kiel - Hamburg

Vormittags holsteinischer Sonnenschein der allerdings nicht lange anhielt – ansonsten grau und regnerisch

---

Vorwissen für den Tag:

In Hamburg wohnen die Schulz´s: Vati Christian, 51 Mutti Erika, ebenfalls 51 mit ihren Söhnen Nicko, 9 Jahre alt und Lion, 6 Jahre alt.
Den Christian kenne ich noch aus meinen Studienjahren in Trossingen

Ich erwachte in einen grauen Tag hinein, dessen Gräue man bereits durch die geschlossenen Augendeckel erfühlen konnte.
Bald schon frühstückten Irma und ich mit Behagen, und ich erfuhr Schockierendes: Daß Irmas Tochter Silvia einmal eine große Geschwulst im Bauchraum hatte, die operiert werden mußte. Zwar vielleicht nichts Bösartiges, und doch hatte Omi Irma das Gefühl, die kleine Luzi hätte in jungen Jahren ihre Mutti verlieren können.
Die Ärztin schickte die Silvia sofort in die Notaufnahme, und die Silvia hatte eben noch Zeit,

Omi Irma zu benachrichtigen, und eine Nachbarin zu fragen, ob das Luzilein dort wohl übernachten dürfe?

Anselm war zum damaligen Zeitpunkt in Baden Würtemberg, und hat seine Frau nicht *einmal* im Krankenhaus besucht.

„Der „Familienmensch"!"

Die Irma sprach´s leicht verbittert aus, besann sich dann jedoch um, und meinte, er habe sich gebessert und gelernt.

Man schielte zu dem Foto hinüber, das den massigen, naschhaft veranlagten Herrn in seinem engen, leibesumspannenden, silbernen Hochzeitsanzug zeigt - so als wolle man ihn mit der Botschaft bezwinkern: „Mach nur weiter so – du „Familienmensch!"" Aufgeheiratet aus Torschlußpanik – und dabei hätte die Silvia einst Chancen bei unglaublichen Typen gehabt. Z.B. beim Chef vom Holiday Inn! Doch damals hatte sie alle verschmäht – eine moderne Variante von der Prinzessin in der Geschichte vom König Drosselbart somit.

Irma und ich unternahmen noch einen kleinen Marsch durch das sonntäglich ausgeaperte, trostlose Kiel.

Die Sonne hatte sich ein bißchen aus der Wolkensuppe geschält. Zwar nichts Besonderes für den Wetterfreund, so jedoch für den Kieler.

„Jetzt könnte man ein wenig spazieren gehen!" freute sich die einsame Irma – so jedoch allein? Mehr aus Barmgefühlen heraus, spazierte ich nun neben ihr her, und gleich beim Bergabgang störten mich zwei häßliche Wohnklötze: Beige-orange und weißkariert, mit abscheulich ausdruckslosen hohlen Fenstern.

"Mir kann man es aber auch gar nicht recht machen!" lachte ich.

Wir überquerten die Straße, bestaunten die Petri-Kirche, und ich gab mir Mühe, meinen Blick für die Schönheiten von Kiel zu schärfen, was allerdings gar nicht so einfach ist.

„Fahrradies" hatte jemand seinen Fahrrad Shop genannt, und ich versuchte, mich darüber zu amüsieren.

Wir durchquerten einen Spielplatz mit vertrockneten Brombeerhecken, und ich erzählte von der Verwandtschaft der väterlichen Seite, doch ich wüßte nicht mehr mit Bestimmtheit zu sagen, ob ich all jene Geschichten vor der Irma nicht schon einmal ausgerollt habe, und die Irma weiß im Gegenzug dazu auch nicht mehr, ob sie die wohl schon einmal gehört hat, wirkte aber auf jeden Fall so, als höre sie dies alles zum ersten Male, wenn sie das denn mal hört?

Später am Tage:

Im Bad stieg mir ins Bewusstsein, daß mich der Abschied von der Irma schmerzt.

Die seelengute Irma hatte mir ein kleines Säckchen voller guter Dinge zusammengeschnürt: Mineralbrunnen und Hafertaler. Da wurde mir schwer ums Herz. Ein lieber Abschied.

Als ich losfuhr, sah ich die Irma noch hinter der hauchzarten, fast durchsichtigen Gardine am Fenster stehen.

Im Rasthof Aalbeck/West legte ich eine kurze Rast ein, und las in der Zeitung über den 13-jährigen Feuerteufel von Elmsbüttel.

Er zündete einen Kinderwagen in einem Hausflur an, und eine Mutti und ihre zwei Söhne kamen ums Leben.

Einer Frau war er aufgefallen, da er in einer Feuerwehruniform stak, und einen nervösen Eindruck machte.

Er sei von der Feuerwehr, und es ginge um Leben und Tod! (So sagte er.)

Telefonat mit Ming.

Ming kommt gar nicht mehr zum Klavierspiel, dieweil er unentwegt aufs Pröppilein aufpassen muß. Bald schreibt man einen Roman über Mings Leben, schwungvoll behaucht mit folgendem Passus: Das Klavierspiel hatte er verlernt!

Und nun drohte das Pröppilein ständig den roten Knopf am PC zu drücken, als Ming so hilfsbereit für mich herumsörfte, wann die Kunsthalle in Hamburg wohl geöffnet sei?
Leider führt das Pröppilein keine Befehle aus: Man examiniert es („Wie macht die Ente?"), rät etwas, frägt etwas, - und hätte dies ebensogut bleiben lassen können.
Wenig später erlebte ich mein blaues Wunder: Mein Auto sprang nicht mehr an! Nun galt´s, aus dem Mißlichen das Beste zu machen.

Später kam der herbeigerufene AvD-Mann dann bälder als erhofft, und zu seinen Worten: „Jetzt müssen wir erst schauen, ob die Lichtmaschine kaputt ist?" sank mein Mut.
Da hat man eben stolz 770 € eingefahren, und schon zerrinnen sie wieder.
Doch die Lichtmaschine funktionierte, und nur die Batterie mußte aufgeladen werden.
Wegen dem Papierkram bat mich der Herr vom AvD auf seinem Beifahrersitz Platz zu nehmen, doch wird nicht immer wieder dringlichst davor gewarnt, zu einem Fremden ins Auto zu steigen? Mit klammen Gefühlen setzte ich mich neben ihn, und fühlte mich ein bißchen so, als sei ich zum Rhein-Ruhr-Ripper Frank G. ins Auto gestiegen – kam dann allerdings nochmals mit dem Leben davon,

und fuhr nun in einem Schwapp nach Hamburg in die Emilienstraße zu Anton und Constanze.

Anton und Constanze leben in einer Mietwohnung, doch der Anton steht noch gar nicht auf dem Klingelknopf. Es heißt, er sei von einer befruchtungswütigen Frau mit ausrieselnder biologischer Uhr eingefangen worden, und fühle sich in seiner neuen Rolle als Familienoberhaupt fremd und leicht unbehaglich. Viel heimischer und gemütlicher fühle er sich in seiner Rolle als einziger Sohn braver Eheleute in Lübeck.

Doch dies bemerkte man während des Besuches nicht.

Die Constanze ist eine weiche, leicht alternativ angehauchte ehemalige Musikstudentin der Musikhochschule Rostock. Sehr sonnig im Gemüt, und mit breitem Sonnengesicht.

Die Wohnung ist zwar sehr eng und verrumpelt, doch es gab köstliche Kuchenstücke, so daß man dies für den Moment vergessen durfte.

Ich erfuhr, daß der Kirschneroth gerne Rektor der Musikhochschule Rostock geworden wäre. Er ließ sich zur Wahl aufstellen, bekam den Posten jedoch nicht, und setzte sich stattdessen in Ostfriesland ins gemachte Nest eines Intendanten.

Ich durfte den süßen kleinen Johann herumtragen, und der kleine Johann ist so schön leicht.

Betreibt man Gaudi mit ihm, so lacht er vergnügt.
Zwei Wochen vor der Geburt seines Sohnes errang sich der Anton endlich seinen Doktortitel in einem, wie er fand, spannenden Thema: Er erforschte die tickenden Uhren, die in unseren Zellen eingebaut sind.

Am Abend wurde ich bei Christian und Erika erwartet.
„Hallo Ihr Süßen!" rief ich bei meinem Einstieg ins Haus auf die Art einer duftenden lieben Omi, die auch etwas Schönes mitgebracht hat, und entstieg zu diesem fröhlichen Ausruf meinen schweren Feldstiefeln.
Ich erfuhr allerlei:
Mutti Erika, die immer unförmiger wird, redet so gern von Frau zu Frau mit mir, wobei sie die Lippen auf Entenart etwas verlegen aufzuplustern pflegt.
Ihre Eltern, gläubige Christen, seien grad das Gegenteil der Schwiegerleut´, die gar nichts glaub(t)en.
Der verwitwete Schwiegervater Werner wurde aus Karlsruhe ins „Betreute Wohnen – Hamburg" umgetopft, und wegen ihm muß die fleißige Erika nun Formulare ausfüllen ohne Ende.
Ihre Mutti hat Krebs. Allerdings sind ihre Eltern bereits 88 und 90 Jahre alt, so daß der Pragmatische zu sagen geneigt ist: „Sie haben ihr Leben gehabt!"
Etwas, das nun auch die Erika tat.

Das süße kleine, weiße Hündchen „Joschi" mustert einen immer so interessiert.

Ein kleiner Wohlfühlteddy, ähnelnd jenem, den ich mal dem Pröppilein geschenkt habe.

Die Erika fühlt sich für mich an, wie eine Glucke mit *drei* Kindern, und das dritte Kind ist Ehemann Christian, der es nie für nötig erachtet zu haben schien, endlich erwachsen zu werden.

Eifersüchtig scheint sie nicht zu sein, da sie mich immer einfach so mit ihrem Manne ziehen läßt, obwohl es ja offensichtlich ist, daß wir leicht verliebt ineinander sind, und perfekt zusammen passen.

Doch bevor sie ihn gutmütig ziehen ließ, mußte der Christian noch die Kinder ins Bett bringen.

Hernach fuhren wir zu zweit ins China-Lokal.

Dort saßen wir im letzten Eck, und der Christian schmunzelte über die Weihnachtsmänner auf den Servietten. Angeboten wurde ein großzügiges Büffée, und wir bebeigten uns die Teller überaus üppig mit Delikatessen aus China, wie beispielsweise braun- und krossgebratenen Lockennudeln und großen Champignonköpfen, und wurden sehr satt dabei, da die listigen Chinesen wahrscheinlich Quellmittel hineingegeben haben.

Hernach gab´s auch noch Sushi, wenn auch leider nur in einer billigen Variante (Lachs & Krabbe), und für jeden übrig gelassenen Sushiwürfel hätte man 50 Cent Strafe entrichten müssen.

Ich erfuhr, daß der Christian gar nicht so tief um seine verstorbene Mutter trauere, und der Vater täte es ebenso wenig.
Als die Mutti im Koma lag, da hielt der Christian ihre Hand, und der Vater saß bloß so daneben.
„Willst du denn nicht auch ihre Hand halten!"
„Ich glaub, die bekommt davon nix mehr mit!" (sagte der Vater.)

Daheim hoben wir noch einen Rotwein.
Die fleißige Erika saß leicht gekrümmt am PC, und der Christian war müde geworden. Müde vom Leben unter der Knute einer unbeugsamen Ehefrau mit festen und unumstößlichen Prinzipien. Man sollte zufrieden und dankbar sein, fühlt sich jedoch nur in einer Seitengasse des Lebenspfades eingezwickt, während das Leben ohne einen davonschreitet, und so beschmuste er schicksalsergeben das süße kleine Hündchen.
Das Familienleben würde ihn auffressen, meinte er wertungsfrei.

Montag, 10. Februar
Hamburg - Aurich

Vormittags schön. Sonst angenehm weiß-grau

Mir zur Huld war der Eßtisch von der Stube in die Küche geschafft worden, wo die Familie leise vor sich hin frühstückte, als ich nun erwachte. Hauptsächlich hörte man die Kinder babbeln, und den fädchendünnen Nicko mit seinem Asperger-Syndrom, und dem wie eine Feder abstehenden Friesurenhalm auf dem Kopf, sprach ich wenig später tagesgesattelt einmal einfach an, auch wenn man in das Ansprechen eines Aspergerbenagten eigentlich keine allzu großen Hoffnungen setzen sollte.
In oberflächlichem, und für den Hinterfragenden sinnlosem Gebaren hopste der Knirps durch die Stube.
„Freust du dich auf die Schule?"
„In gewisser Hinsicht – ja!" antwortete er überraschend redegewandt.

Mutter Erika führt ein beinhartes Regiment und läßt sich gar nicht erst auf Diskussionen ein. Z.B. darüber ob man jetzt losführe oder nicht. Man fuhr einfach los – Basta!

Und so war ich mit dem Christian erst einmal allein. Interessiert blätterte ich im „Familienplaner" mit seinen vielen Abhakelisten, die auf animierendste Weise den Keim für ein neues Leben zu bergen scheinen. Hierzu wurde mir Kaffee angeboten, und der Christian erzählte Dinge, die er mir bereits gestern erzählt hatte, nochmals bei Tageslicht:
Über seinen Werdegang:
Er hatte erwogen, nach der 10. Klasse von der Schule abzugehen, um irgendetwas Bautechnisches zu studieren.
Prüfungen und sonstige Examinierungen habe er stets als Schmach empfunden. D.h. er hatte das Gefühl, die Lehrer *wollten* gar nicht, daß man gute Noten schreibt, bloß, daß sie sich die Hände reiben und denken dürfen: „Schaut her!" Und so fühlte er sich schuldig, wenn er denn mal eine gute Note schrieb.
Wir sprachen über das Asperger-Syndrom, das derzeit in aller Munde ist, und der Christian schilderte das Leiden genußvoll: Wichtige Leitungen im Gehirn sind gekappt, so daß der ganze kostbare 7. Sinn, mit dem man beispielsweise feinste Stimmungsnuancen anderer wahrzunehmen pflegt, verschwunden ist. Der Asperger-Kranke sagt zu jemandem, der vielleicht weint, weil sein kleines Hündchen gestorben ist: „Ist doch nicht schlimm! Kauf Dir ein Neues!" Dies sagt er aber auch, wenn

ein kleines Kind überfahren wird: „Ist doch nicht schlimm! Macht einfach ein neues!"
Der zweite Sohn Lion ist ein ganz Süßer, sehr musikbegeistert, und bei ihm finden sich keinerlei Asperger Anzeichen.
Ich scherzte: „Der Lion soll Schlagzeuger werden, und der Nicko Bischof".

Mutti Erika steckt immer in einem Stresswirbel. Jetzt war sie heimgekehrt und wußte Empörendes zu erzählen: Vom Justin, der einen immer mit indiskreten Fragen überhäufe. „Ein übergriffiges Kind!" machte die Erika ihrer Erbosung Luft.
Die Erika erzählte, wenn auch mit leuchtendem Ausdruck, von ihrer leider schlechten Gesundheit. Momentan stüke sie in einem Rheumaschub, und ihre Füße und Gelenke seien ohnedies von Arthrose zernagt. Auf dem Eßtisch lagen die Halswehtabletten, und ich wurde von der Idee beschwappt, daß womöglich auch Ming nun in solch einem auswegslosen Leben stüke? Im Bad befindet sich eine prall gefüllte Hausapotheke, und beständig sind alle krank. Der Gang zur Apotheke wird zum täglich' Brot.

Der Christian brachte mich zu meinem Auto, und ich erfuhr, daß Helmut Schmidt ganz in der Nähe in einem Reihenhaus lebe. Vom Balkon aus könne man es sehen, und hi und da parken Staatskarossen in der

Straße, wenn er beispielsweise einen hohen Politiker zum Tee gebeten hat – z.B. einen Nachfolger von Leonid Breschnew, dessen Namen er sich mittlerweile altersbedingt nicht mehr merken könne.

19 km nach der Ausfahrt „Sittensen" bewegte ich mich durch´s Teufelsmoor, dort wo einst die vielen Anhalterinnen verschwanden, durch einsame Gegenden Richtung Bremervörde. Ich freute mich nicht so sehr auf Aurich, Mings Tadeleien und das Julchen, das nun einfach Rehleins Hausfrauenposten inne hat. Vor diesem Besuch hätte ich mich gern geduckt, und hatte bereits die Gaßmanns in Worpswede als Übernachtungsschirmherren im Visier.

Nun aber gelangte ich ersteinmal in den entlegenen Ort „Oese", dessen Ortskern in einer schlichten Weggabelung mit einem Cigaretten-Automaten besteht, an dem sich soeben ein verkommenes altes Weib zu schaffen machte. Dadurch, daß nirgends eine Kirchturm-Zipfelmütze emporragte, gelobte Herr Pape am Telefon, gleich vorbeizukommen, und dies tat er alsbald.

Auf dem Pfade zeigte sich ein weißhaariger quadratischer Herr, der auf den ersten Blick wie ein Pfarrer gewirkt hat. Er wies mir den Weg zu einem unscheinbaren, so jedoch nicht unbelebten Kirchzentrum, von dem aus man nun auf das kleine, in einen Friedhof eingebettete Kirchlein zulief. Die

Kirche war sehr kuschelig und zierlich, und die Holzdecke hing ein wenig durch. Auf dem umgebenden Friedhof schlummern die Eltern von Herrn Pape, mit dem ich mich nun im Kirchinneren etwas anwärmte. Die Aussicht, dort bald zu konzertieren, und vielleicht 600€ zu verdienen, gefiel!

Ich erfuhr, daß Herr Pape sechs Kinder habe. Vier Töchter, und eine von ihnen heiratete den Salzburger Werner K. und zog mit ihm ins oberösterreichische Karlstetten.

Eine Ehefrau, die demnächst stolze 65 Jahre alt wird, hat Herr Pape auch. Und auch einen Termin machten wir bereits ab: Den 11. April.

Über die Pfarrerin, Frau de Riese, erfuhr ich so allerlei: Einst arbeitete sie in Lingen, doch dann nahm sie sich eine einjährige Auszeit, ging ins Kloster, und hi und da melkt sie persönlich die Kühe.

Mich erfüllte es mit Freude, den netten Herrn kennengelernt zu haben.

Ich gab meinem Herzen einen Stoß, und fuhr in die nur 34 km entfernte Psychopathenstadt Bremerhaven, wo meine ehemalige WG-Mitbewohnerin Frauke lebt, mit der mich so etwas wie eine herzliche Feindschaft verbindet, wenn man sich darunter etwas vorstellen kann? Wie oft habe ich mich in Trossingen vor einer Begegnung mit der Frauke geduckt und bin in eine Seitengasse gebogen, wenn ich sie in der Ferne aufleuchten sah, und nun fahre ich nach Bremerhaven, um zu schauen, wo sie lebt. Verstehe dies, wer kann! („…weil ich diese Stadt liebe!" schrieb mir die Frauke einst.) Ich fand Bremerhaven auf den ersten Blick jedoch leider häßlich.

„Kein Wunder, daß hier die ganzen Psychopathen wie beispielsweise Olaf Däter, („Der Oma-Mörder von Bremerhaven") und der unbekannte Anhalter-Mörder entsprossen sind!" warf ich der Frauke im Geiste direkt wüst und im Grunde despektierlich an den Kopf. Ich fand einen Parkplatz in der Prager Straße. Von dort schaut man auf die große Petri-Kirche, und dann gibt's eine Art „Straßenbahn-Schneise", die auch als Fußgängerzone herhält, und die man wahlweise links oder rechts entlanglaufen kann.

Die Frauke hat durchaus auch sehr gute Eigenschaften, und ihre beste ist wohl die, daß sie lange und aussagekräftige Briefe zu schreiben versteht.

„Frauke und ich sind uns ziemlich ähnlich!" psychologisierte ich mich im Geiste selber an. „Ich durchschaue die Frauke, und die Frauke durchschaut mich."

In der Roßmann-Filiale kaufte ich einen Film bei einer stark solargebräunten, leider häßlichen Kassendame, und währenddessen dachte ich die ganze Zeit über die Frauke nach, und stellte mir allerlei vor: Ich rufe an und sage: „Frauke, halt dich fest! Ich bin nach Bremerhaven gezogen – und zwar in deine unmittelbare Nachbarschaft."

In einem Lotto-Shop, wo ich kaum beachtet wurde, füllte ich einen Schein aus. Die Verkäuferin quatschte mit einer Dame, und berichtete von einer Nachbarin, die Geburtstag hatte, und *sie* habe ihn vergessen! „Ou nein!!" hieß es in Pseudo-Betroffenheit, und inmitten dieses bengalischen Entsetzenswirbels gab´s für mich als Kundin keinen Nerv.

Ich setzte mich in das noble Eiscafé, das wir in den 70er Jahren einmal mit Rehlein & Buz besucht haben, griff mir eine Illustrierte und las, daß die Kate sich Baby George gegriffen, und den William verlassen habe. Auf dem Küchentisch habe sie einen schlichten Zettel hinterlassen.

Sind in der Karibik.
Suche uns nicht!
Kate & George

Dann fuhr ich noch zu Fraukes Heim in der „Neuen Straße" und fand die Gegend angenehm, da sich gegenüber dem Hause eine Schule befindet, und ich Schulen liebe (zumindest zum Anschauen).

Fraukes Heim jedoch erschien mir wenig einladend.
Ein glanzloser Backsteinquader mit Milchglastür in einer geschmacklosen schwarzen Einfassung.
„Ist da eben die Franziska vorbeigefahren?" staunte die Frauke in mir, während ich selber noch ein bißchen mit mir herumrang, ob ich nicht nochmals zurückfahre um zu klingeln? Doch dann tat ich´s doch nicht.

Abends war ich wieder daheim in Aurich.
Die Fensterscheiben von Mings einstigem Zimmer, dem heutigen Wickelzimmer, sahen von außen so liebevoll geschmückt aus. Beklebt mit lustigen bunten Bildchen.
Unser Grundstück war jedoch mit einem Auto verpropft, und auch der Eingangsbereich im Hause war mit dem Kinderwagen zugestopft, so daß man meinen konnte, meine Ankunft zöge „am Arsch vorbei"?
Ming war wie alle Tage am Telefonieren, und als er endlich austelefoniert hatte, begrüßten wir Geschwister uns innig.
Das Pröppilein war bereits zur Abendruh´ gebettet, und man durfte es nicht mehr stören.
Wir saßen auf der Fensterbank neben dem Fernseher, und so gern mir Ming das Pröppilein nun in Natura gezeigt hätte, so zeigte er mir jetzt eben stolz die Pröppi-Fotos auf dem I-Päd. Bilder und kleine Filmchen, und auf einem Film lief das

Pröppilein ganz achtlos an Ming vorbei, so wie einst der junge Buz als Künstlertypus. Wir lachten.

Da beskypte uns völlig überraschend das Beätchen aus Amerika, das sehr scharf, wenn aber auch mit einem verunzierenden Pflaster auf der Oberlippe auf dem I-Päd aufleuchtete. Krebs! Doch wir machten kein Drama drum. Bloß sah das Beätchen mit dem Pflaster einfach unschön aus, und konnte auch nicht richtig herzlich lachen, und dabei geriet ihr durchaus mal ein kleines Späßle: Ich spaßte, daß Mings Haupt sich so allmählich lichten würde.

„Quatsch!" prustete Ming, und ließ den I-Päd über seine Hauptesvegetation gleiten.

„Doch! Da fehlt eines!" sagte das Beätchen, und wir lachten erneut.

Ein unglaubliches Wunder im Grunde: Daß die Bea in Petaluma einfach auf dem I-Päd in Aurich aufleuchtet.

24 Mails hatten sich für mich angesammelt – viel Facebook-Scheiß, keine Zusagen – Rehlein (besorgt) auf chinesisch: „Ni tsai Lübeck ma?" (Bist du in Lübeck?) Doch ich antwortete nur dürr. „Später mehr" antworte ich nach Art eines Jemanden, der den Schreibkram so rasch als möglich vom Tisch haben möchte.

Ming berichtete vom Asperger-Syndrom, über das in einer TV-Sendung berichtet worden war:

Eine betroffene Frau hatte einen IQ von 145 aufzuweisen, und nach der Sendung hätten Julchen & er das Asperger-Syndrom begoogelt, und all das Ergoogelte habe auf Buz und mich gepasst. Etwas was wir nun im Duett lesen wollten, auch wenn sich der blaue Schwangerschaftsstreifen vom Internet immer so langsam einfärbt, daß man toll werden möchte!
Tatsächlich: Nach 51 Jahren, in denen es einem nicht vergönnt war, Tritt auf Erden zu fassen, erhielt man nun Gewissheit. Rehlein hatte einst gemeint, ein Genie an ihrem Busen zu nähren, und dabei war´s offenbar nur jemand mit dem Asperger-Syndrom?

Wenn das Pröppilein im Bett liegt, pflegt das fleißige Julchen zwischen acht Uhr abends und Mitternacht zu arbeiten.
Ich selber saß wie angenagelt auf dem Korbstuhl im Musikzimmer, und löste einen Aspergertest: 16 von 50 Fragen mußten mit „ja" beantwortet werden. Zum Schluß befüllte ich mir noch eine rote Nacktwärmflasche für die Nacht.

Dienstag, 11. Februar
Aurich

Kalt und glanzlos

Am Morgen galt´s, sich nach bald fünf Monaten wieder mit dem Pröppilein anzuwärmen.
Ming erschien verunschärft mit dem Pröppilein im Türrahmen, und der Anblick zeigte sich mir als Kurzsichtiger somit „wie radiert", und doch fühlte man die gespannte Aufmerksamkeit von Seiten des kleinen Kindes, das eine wie gesudelt wirkende Frisur auf dem Haupte trug. Gebannt lauschte das Pröppilein Mings Ausführungen, und ich wiederum leitete das Kennenlernen mit einem kindgerechten kleinen Späßlein ein: Ich zog mir die Decke über den Kopf, so daß sich der Anblick eines Deckenfelsens gebildet haben mag, um sodann mit einem urigen Gesicht wieder aufzuscheinen. „Ante", glaubte ich aus Pröppis Gebabbl herauszuhören.

Nach einer Weile tat ich so, als sei ich die Esslinger Oma, die zu Besuch gekommen war. „Warum sagsch du deiner Großmutter nicht „Grüß Gott"?" sagte ich streng, gutural und doch „gütig", so wie es sich eventuell abgespielt haben könnte, als Rehlein noch ein kleines Wammerl war, und fuhr zu diesen beschämenden Worten förmlich die Hand aus, auf daß sie demuts- und respektvoll ergriffen würde.

Das Pröppilein durfte sein Mützchen vorführen: Eine beleuchtbare Weihnachtsmannszipfelmütze, für die sie ihre Witwe-Bolten-Haube von dem kleinen Kinderkopf wieder herabschälen mußte. Schuppenbedingt war das süße kleine Haupt mit Öl einbalsamiert worden.

Ich selber verschwand alsbald im Duschhäusel, und nach einer Weile schauten Ming & Pröppi zur Tür herein.

Dann waberte man sehr lange unschlüssig im Familiengeschehen mit, bis wir schließlich zum Brötchenkauf auftrippelten.

Ming schob den Kinderwagen, und ich kaute schon wieder auf einem Zitronenbällchen herum, und fühlte die Schmach des Aspergerkranken, auch wenn immer wieder betont wird, es habe nichts mit der Intelligenz zu tun.

Alles was ich tat, erschien mir so aspergerlich, ohne daß man jetzt sagen könnte, warum, und was das Wesen des Asperger-Syndroms wohl ausmache? Betont beiläufig hatte ich am Morgen gemeint, ich glaube, ich hätte doch kein Asperger. Ming jedoch meinte schelmisch, dies sei ein typisches Asperger-Zeichen, daß man immer meine, man habe kein Asperger-Syndrom.

Das Pröppilein lief im Supermarkt spazieren. Es interessierte sich für Ständer, an welchen die Preise befestigt sind, und ich war direkt überrascht, wie lose Ming das Pröppilein einfach von der Leine lässt. Ganz automatisch wird vorausgesetzt, daß man als Tante ein Auge draufhält. Rennt es auf die Straße, und man möchte es an der Kapuze festhalten, so löst sich die Kapuze einfach ab, dieweil sie bloß mit Druckknöpfen befestigt ist. Da hat sich die Kleiderfirma nun wirklich nicht sehr viel dabei gedacht.

Auf dem Heimweg begegnete uns die herbeiradelnde Nachbarin Charlotte, und im Eifer, so viele Informationen wie möglich in diese flüchtige Begegnung zu pressen, erzählte ich, wie man das Pröppilein fast „Charlotte" genannt hätte. „Wir hatten eine Omi die so hieß, und eine Nachbarin – da sprach sehr wohl einiges für, und wenig dagegen!" erläuterte ich ungefragt die Beweggründe einer vagen Idee, die hinzu nicht einmal in die Tat umgesetzt worden war.

Von der Charlotte erfuhren wir im Gegenzug, daß sie früher einmal „Dorothea" hieß. Doch diesen wirklich schönen Namen ließ sie einst, als unreife 18-jährige, erbarmungslos streichen.

Da erinnerte ich mich plötzlich daran, daß die beiden Töchter vom Sägemörder „Charlotte und Dorothea"* hießen. *"Namen von der Redaktion geändert" – so las man damals, doch ein Journalist mit Friesenlogik hatte die Charlotte in Dorothea, und die Dorothea in Charlotte umbenannt, und so hießen sie nach der Umbenennung immer noch „Charlotte & Dorothea", und der Artikel behielt seine Authentizität.

Wenig später flog das Pröppilein hin, und heulte laut und barmend. Doch es beruhigte sich wieder, und einmal lief's auf das leblose Vordergrundstück von Frau Sophie Oettken drauf. Da mußte ich gleich an Buzens Alptraum denken, in welchem ihm das Pröppilein entwischt ist, und einfach im Menschengewimmel versickerte. Ich vermutete, daß die böse Frau Oettken hinter Spitzenstores nur darauf wartet, uns etwas anzuhängen.
„Verlassen Sie bitte augenblicklich mein Grundstück!" hörte ich sie im Geiste bereits aufbarschen, und vor meinem geistigen Auge zog hinzu die Szenerie auf, *wie das Pröppilein durch die Gitterstäbe in den verwunschenen Garten entweicht, und nie wieder gesehen wird?!*
Das Julchen hatte bei unserem Hinfortgang noch eher scherzend gesagt: „...doch vergesst vor lauter Plappereien mein Kind nicht! Ich kenne meine Pappenheimer!"
Und dann kehren wir mit leerem Kinderwagen und langem Gesichte zurück.

Ich hatte wieder eine Müh´ mit der Tüchtigkeit loszulegen..
Leider gibt´s im Haus keinen Winkel für mich, wo ich mich als Tüchtige bzw. Tüchtigkeitsanstrebende ein wenig ausbreiten könnte.
Vielleicht am ovalen Tisch inmitten häuslichen Durchgangsverkehrs?
Der „Hollywood", mein Läptop, lahmt entsetzlich.
Ich spannte das Kabel unter dem Flügel halb in die Höh´, wohlwissend, daß dies keine Dauerlösung sein kann, und dann begab ich mich an ein erstes Ausloseresultat: Den ersten Satz von der Mendelssohn-Sonate etwas besser in meinen Kopf hineinzuhämmern.
Nach einer Weile zeigte sich das Pröppilein auf dem Arm von Vati Ming in der Schiebetür.
„Das mit dem Violinkasten geht so nicht!" erfuhr ich vom tadelnden Ming.
Ob Ming & Julchen wohl froh sind, wenn man das Pröppilein mal von der Leine lassen kann?
Die Tante Kika hat ja auch noch Augen!

Wieder versuchte ich, am Hollywood ins Internet zu gelangen, doch das Gerät war so was an lahm! Pröppilein stand interessiert daneben, und versuchte mit ihren Fingerlein die ein oder andere Taste zu drücken, oder gar den Stick zu ziehen.
(Hoffentlich lacht man in 10 Jahren darüber, daß es einmal so etwas Altmodisches wie einen „Stick"

gegeben hat, mit dem man sich mühevollst ins Internet quälen mußte.)

Das Julchen kocht nach einem Muster, das sich für die kleine Familie bewährt zu haben scheint: Es gibt Biogemüse kleingeschnitten, und hinzu Reis oder Nudeln. Und das Julchen ist als Mutter ganz anders geworden: Geduldig und fröhlich.
Zunächst rollte das Pröppilein die Äpfel auf dem Fußboden herum. Dann durfte es auf dem Küchentresen sitzen und mithelfen.
Auf den „Bruder-Jakobs-Kanon" sangen wir so allerlei. Ich fühlte mich so, als sei ich frisch mit der Diagnose „Aperger-Syndrom" bestempelt worden, und nun würde man mir mit Nachsicht begegnen.

Nach einer Weile labten wir uns an dem köstlichen Mittagsmahl.
Normalerweise hält es das Pröppilein nach Julchenart nie sehr lange am Eßtisch aus. Es will lieber spielen, und greift die Erwachsenen an der Hand, die ihr sodann durch´s ganze Haus folgen und Dinge bestaunen müssen, die dem Normmenschen im gesetzten Alter doch ohnedies geläufig sind.

Ming war angezeigt worden!
Die „Ostfriesische Landschaft" verklagt Ming wegen uneidlicher Falschaussage, und diesmal reagierte die Staatsanwaltschaft, die Mings ausgefeilten Brief

damals dreist ignoriert hatte, sofort! Bereits für den 19. Februar ist eine Anhörung des frischgebackenen Delinquenten bei der Polizei angesetzt.

Fassungslos begab man sich auf den obligaten Stadttrip, um im „Sesam" einen Ratlosigkeitskaffee zu trinken.

Im Garten stand die Gretel, harkte gewissenhaft etwas zusammen, und trotz der herzlichen Auffreuung über das Wiedersehen, ließ sie eine Bemerkung über unseren nadelnden hohen Baum fallen: Reisig, an dem man, so man wollte, einen Nachbarschaftszwist entzünden könnte.

Ich aber ging gar nicht darauf ein, und auf den neuen Lover von der Gretel, von dem ich gehört habe, lenkte ich die Rede auch nicht.

Und dabei hatte ich gestern abend mit Ming über diesen Seitenaspekt unseres Lebens sogar psychologisiert!

Einen Liebhaber zu finden sei leicht – doch wenn es darum geht, ihn auch zu halten, begännen die Schwierigkeiten: Jeder rät der braven Gretel etwas anderes: Der eine rät „bossig" aufzutreten, ein weiterer „hündchenhaft", und eine dritte sog. „gute Freundin" wiederum riet, sich „verrucht" zu geben. So wie Ingrid van Bergen oder Hannelore Elser beispielsweise.

Sie solle ihn umschnurren wie eine Katze, und gleichzeitig verwöhnen…

Ich radelte in die Stadt.

Kurz vor der Metzgerei „de Boer" traf ich den Herrn aus der Glupe 28. Teil eines gottesfürchtigen Ehepaares, das ich einmal auf der Straße kennengelernt habe.

Und dieser Herr hat einen Narren an unserem Papa gefressen, den er damals kurz nach *unserem* Kennenlernen ebenfalls hat kennenlernen dürfen. Über Buzen sprach er schwärmerisch und liebevoll. Er sei ein sehr bescheidener, ein demütiger Mensch! Ich war verzückt. So schöne und passende Worte für unseren über alles geliebten Papa!

Außerdem sprach er sehr viel über seine Schwiegermutter, mit der er telefoniert habe, um sich mit ihr über den „Musikalischen Sommer" auszutauschen.

Vor der Ampel am Knollennasenkiosk* begrüßte mich ein Herr dessen Haupt von einer eng anliegenden warmen Mütze gewärmt wurde.

Pfarrer Jörg S.. Er verlangsamte sein Geradl, während ich wiederum einen anderen Weg einschlug, als ich vorgehabt hätte, denn unsere Wellenlänge hätte sich erst einpendeln müssen, und dafür schien mir der gemeinsame Weg zu kurz.

Mit Grüßen zum Weiterverteilen behaftet, entschwand ich seinem Leben durch die Rathausschleuse.

*so heißt der kleine Kiosk, weil der Besitzer an einem geheimnisvollen Nasenleiden laboriert. Die Nase sieht so schlimm aus, daß man schreiend davonrennen möchte, und dabei verbirgt sich hinter dieser Nase – von einem sog. Rhinophym zerfressen - ein redlicher, guter Mensch, den ich im Laufe der Jahre ins Herz geschlossen habe.

Am Abend saß ich einsam in meinem neuen Arbeitseck in Buzens Zimmer am Fenster:
Ich las über den Doppelmord von Gütersloh, und erfuhr Folgendes:
Ein leider wenigsilbiger 28-jähriger Herr wurde festgenommen: Wenigsilbig, weil er sich zur Tat nicht äußern will. In nur wenigen Silben sagte er somit in Gegenwart seines Anwalts: „Dazu werde ich mich nicht äußern!"
Dann presste er die Lippen ganz fest zusammen, denn der besonnene Anwalt hatte ihm eingeschärft, ganz gewiss zu schweigen und nichts als zu schweigen, da ein entwichenes falsches Wort ihn um Kopf und Kragen bringen könne.
Und mitten in diese Lektüre hinein brachte mir Ming die Katharina* im Telefonhörer.
*schwäbische Geigerin aus meinem ehemaligen Streichquartett in den 90er Jahren.
Ming war so freundlich, und wahrscheinlich freute es den warmherzigen Ming ja auch sehr, daß seine

wunderliche Schwester auch einmal einen Anruf aus der realen Welt bekommt?

Die Katharina brannte darauf, mir das Neueste von der Liebesfront zu berichten:

Das mit dem Antonio sei eine heiße Geschichte!

Sie bekam einen Brief von einer aufgebrachten Italienerin, (abgefasst in rudimentärstem und gleichzeitig flügelschlacknerischstem Kanackendeutsch) mit der er sich zweimal die Woche zum Vögeln trifft. (Vor den Ohren des verstockten pubertierenden Marius gebrauchte die Katharina auf entspannte Weise den Ausdruck „vögeln", ohne eine Anstandszäsur vor dies abscheuliche Wort zu setzen.)

Die Katharina wollte Schluß machen, doch der Antonio heulte und barmte: Es sei der größte Fehler seines Lebens gewesen!

Da erbarmte sich die Katharina seiner, doch irgendwie sei auch etwas zerbrochen.

Zu später Stund, nach 23 Uhr, zeigte ich mich dann doch nochmals ganz unaufdringlich bei den jungen Leuten, die im Ashram ihre Mitternachtsmahlzeit einnahmen.

Man erzählte, wie man unlängst mit dem Pröppilein einen Alptraum erlebte:

Morgens hört man es immer so leis und zart im Bad herumtapsen. Ganz leise raschelte es zu seinen kleinen Aktivitäten, allerlei auf dem Boden zu verteilen. Doch plötzlich war es schon seit drei Minuten vollkommen still gewesen, so daß der vor sich hindurmelnde Ming von einem jähen Schrecken erfaßt wurde.

Das Pröppilein stand vor dem geöffneten Klo, wo man extra aus Rücksicht für die kleinen Öhrlein nachts nicht gespült hatte, um die Powischblätter links und rechts im Bad zu verteilen.

Doch man erzählte es lachend, und hernach erzählte ich Buzens Alptraum über das im Menschengewühl verschwundene Pröppilein:

Buz hatte die Kleine aus den Augen verloren, und stak darüber hinaus in schrecklichster Eile, da er doch zum Eröffnungskonzert mit der Midori strebte, das bereits angefangen hatte!

In der Tat sei das Pröppilein immer sehr zielstrebig, und laufe unbekümmert einfach in die Geschäfte hinein, so erfuhr ich.

Zum Schluß schauten wir uns ein Video mit dem Szymon auf dem Kontrabass als Interpreten des Doppelkonzerts von Bottesini an.

Neben ihm stand ein kellnerartiger strebsamer Geiger, der allerdings sehr im Schatten des raumeinnehmenden, und seine Töne äußerst sinnlich einfärbenden Kontrabassisten stand, auch wenn er sich deutlich um Schwung bemühte, und auch verdient machte.

Mittwoch 12. Februar

Angenehm hell und herb

Vorwissen für den Tag:

In Ostfriesland tobte schon seit geraumer Zeit ein erbitterter Krieg um den „Musikalischen Sommer". Unser Festival wurde von böser Hand heimtückisch geraubt und dreist umetikettiert!
Genaueres erfährt der Interessierte, wenn er den Passus „Familie König vs werner bonhoff" in die Suchmaschine bei google eingibt.
Ming & Julchen kämpfen um das sinkende Schiff, und die dreisten Diebe tun alles, um uns zu zermürben, und streuen übelste Gerüchte.

In Buzens Zimmer finde ich vorübergehendes Vergessen vor all dem, schlafe geradezu unverschämt gut, und erhebe mich demgemäß nicht gern.
Ich erwachte, da die ins Schwimmbad strebende Familie vor der Türe leise raschelte.
„Ach Gott, man muß ja noch das Auto hinwegfahren!" dachte ich im Hinblick darauf, daß mein Auto innen doch total unordentlich ist, und dem etepetetsamen Ming nicht zugemutet werden

sollte. Doch während ich dies noch dachte, besuchten mich Ming und Pröppilein.

Das Pröppilein deutete auf mein Plakat an der Türe, und staunte, daß ich ungekämmt im Bett sitze und gleichzeitig mit gerichteter Frisur auf dem Plakat klebe.

Auf Rehleinart sagt es oft: „Da, da, daaa!"

„Die Tante Kika hat eine Sturmfrisur!" erklärte Ming pädagogisch wertvoll, während ich mich auf seniorile Weise leicht ächzend aus dem Bette erhob. Die Uhr hatte ich zwecks einer sinnvollen Tagesgestaltung bereits umgebunden, und das Julchen wollte wissen, ob ich die sogar im Bette trage?

„In Aspergerlogik!" sagte ich, und man lachte – so, als sei´s bereits klar und erwiesen, daß ich das Asperger-Syndrom habe, und man es mit Humor zu nehmen gedächte, zumal es ja keine Krankheit und auch keine echte Behinderung sei.

So, wie dem kleinen Nicko ein Schulbegleiter zur Verfügung gestellt wird, so sollte man mir vielleicht einen Tagesgestaltungsbegleiter zur Seite stellen? Denn kaum dem Bette entstiegen, benagte mich bereits die Müh´, den Tag gescheit zu gestalten, und während diese Mühe noch unschön an mir herumzwickte, rannen mir die Sekündchen links und rechts zu Boden.

Das Pröppilein auf dem Kinderhochsitz mit seinem umgebogenen kleinen Kinderhaupt, auf dem hell güldene Löckchen sprießen, sah so goldig aus, wie auf einem Gemälde von Carl Larsson.

Ich hatte mir einen minutiösen Plan ausgedacht: Wie in einem frisch angelegten, sauberen Beet wollte ich den verbliebenen Tag mit Sinnvollem pflastern oder zumindest bepflanzen.

Beim Kochen fühlte ich mich seltsam angenagelt.
Ich kochte einfach so drauf los: Beginnend mit der Zwiebel- und Knoblauch-Zerkleinerei.
Bald schon kehrten die jungen Leute vom Schwimmen zurück, und man hatte ein riesiges Teilstück frischen Lachs mitgebracht, welches alsbald von Ming kunstvoll in der Pfanne gebraten wurde.
Doch mein Tricolore-Reis, äußerst üppig mit Zwiebeln und Knoblauch „gefedert", kam beim Julchen leider nicht so recht an, da er für das Baby als untauglich angesehen wurde.
„Siehst du, deshalb koche ich lieber selber", sagte das Julchen, das sehr gluckenartig veranlagt ist, und es gar nicht leiden kann, wenn das Pröppilein aus den Gedanken herausgefiltert wird.
Und auch die Gemüsepfanne schien ihr noch nicht gar.

Es hieß, es würde eine Dame zu Besuch kommen, und ein bißchen lag´s direkt in den Lüften, daß es mir oblag, das Baby zu sitten.
Doch dann rief das Julchen ihren Vater an, und rupfte die betagten Ü60er mit diesem Anruf aus ihrem Mittagsschlummer.
Opi und Omi hindess haben sich zur Nachbebrütung des Nachwuchs´ noch niemals zweimal bitten lassen.

Mit einer einminütigen Verfrühung kam eine nette, frischgebackene Omi als Teegast zu uns, und zückte alsbald ein Foto ihrer ofenfrischen Enkelin „Greta" das nun mit Entzückensbezeugungen bedacht und herumgereicht wurde.
Greta wächst in Bayern auf.
Die frischgebackene Omi hat insgesamt drei Töchter (27, 26, 24), alle drei im befruchtungsfähigen Alter steckend und äußerst familienorientiert, so daß enkelmäßig auch noch ein Nachschwapp zu erhoffen wäre, denn hat man erst *einen* Enkel, so wünscht man sich einen anderen doch wohl noch hinzu!
Die Greta als Anfang gehört allerdings der jüngsten Tochter, die mit gutem Beispiel schon mal vorangegangen ist, und Omi Helga ist sich sicher, daß es nicht sehr lange dauern wird, bis die beiden Großen mit der Fortpflanzung nachziehen.

Bald schon zeigte sich der Opa Willi mit seinem Rad, und das Julchen war so besorgt um das kleine Pröppilein, das in einem kleinen Körbchen an der Lenkstange befestigt, und mit einem Helm überstülpt werden mußte.

Ming hatte wieder vergessen, den Herd abzuschalten. Dies sagte ich ihm verstohlen in der Küche, weil das Julchen schon kritisch genug mit ihm ist. „So gesehen ist es vielleicht gar nicht so schlecht, wenn du eine Weile in den Knast kommst!" sagte ich.

Die Hilke hatte eine SMS geschickt:
Daß sie sich bereits Sorgen mache, so gar nichts mehr von uns zu hören?!
Leider ist die Hilke wegen mehrerlei ziemlich niedergeschlagen: Ihr 14-jähriger Sohn Youssou brachte ein beschämendes Zeugnis mit nach Hause, so daß die Hilke nun neben der Ausbildungsversicherung auch noch auf ein bezahlbares Internat sparen muß.
Und außerdem habe man die Trioprobe aufgenommen, doch leider klang alles ganz doof.

Später in der Stadt:
Besonders die grauen Seniorinnen mit Schnittlauchfrisur machen mir zu schaffen. Sie lächeln dünn, um ihr Befremden und ihre Distanziertheit

zum Ausdruck zu bringen, und grüßen, wenn überhaupt, nur eilig im Vorübergehen.

Daheim sagte ich zu Ming:
„Ich fühl´ mich die ganze Zeit so, als säßest Du bereits im Knast!"
Ob man der Hilke schreiben sollte, uns ginge es gut – abgesehen davon, daß Ming vor einer längeren Haftstrafe steht?
Ich widmete mich Pröppi & Julchen, indem ich das Pröppilein herumtrug und zart bebusselte, und Julchens schöne Schneiderarbeiten bestaunte.

Abends war ich gottlob tüchtig: Üben – Karriere – Karriere – Mailen (je 45 Minuten).
Der süße Ming, nur mit einem Höschen bekleidet, dieweil er sich auf dem Wege zum oder vom Duschhäusl befand, machte mir ein Kompliment zu meinem Mendelssohn-Konzert.
Wenig später fuhr der fleißige Familienvater Ming zum Combi, und hernach gab´s ein Abendessen, das sehr nett und gemütlich wurde.
Wir lachten darüber, wie Rehlein auf die bevorstehende Verhaftung Mings reagiert hat:
Grad so, wie einst der Opa, habe sie gesagt:
„Hat die Kika auch ein Äpfelchen gegessen?"

Donnerstag, 13. Februar

Zunächst dachte man froh: „
Der Tag kann sich sehen lassen!"
Doch ab Nachmittag wurde es ziemlich grau
und drohte gar zu regnen

Heut verlief mein Leben leider erschreckend zäh.
Zunächst passte ich in der Duschkammer auf das Pröppilein auf, so daß Ming beim Brötchenholen vielleicht ein ganz klein bißchen mehr Schwung ausleben könne?
Das Pröppilein sortierte herum, räumte Flaschen aus und ein, und als es dann auch noch nach den vollen Bierflaschen griff, konnte ich den Gefahrenpegel gar nicht richtig einschätzen.
Zu dieser Hilflosigkeit im Aufzuchtsgeschehen polterte bereits das Julchen die Treppen herab, und begrüßte ihren süßen kleinen Liebling so warm und liebevoll wie einst Rehlein uns Kinder.
Die Mutterschaft hat das Julchen verwandelt und erblühen lassen, so daß man sich analog dazu fragen muß: Wie war Rehlein früher vor uns Kindern?

Jetzt ist´s so gekommen, wie man es geahnt hatte: Auf Jahre hin keine normale Mahlzeit mehr, denn das Pröppilein ist da gnadenlos!

Ich merkte es daran, daß ich am Morgen weder dazu gekommen war, meine Frisur zu richten, noch das Teewasser aufzustellen.
Doch dafür wird die Wohnung immer kuscheliger, und was wir mittlerweile alles besitzen!
Z.B. einen kleinen Kinderbesen auf dem man reiten könnte, wenn man sich denn mal Zeit nähme, - und eine lustige Kasperlepuppe die ausschaut wie Buzens alter Violinprofessor Max Rostal, wenn man ihm, zu Ehren seines 80. Geburtstags, eine Zipfelmütze geschenkt hätte.
„Ich könnte Frau Linke doch sou unterrichten!" scherzte ich auf plattdeutsch, und ließ die Kasperlepuppe auf meiner Hand pädagogisch herumwedeln.
Packend finde ich das großformatige Wimmelbuch über einen einzelnen Wintertag, weil darin so unendlich viele Menschen vorkommen.
Sogar eine Geigerin, die direkt an die junge Frau Eisfeld* denken läßt.
*Eine Dame, die Violine spielt.
Auf der letzten Seite werden die vielen Menschen alle vorgestellt und beschrieben: Von einer Dame mit Lust am Rumbenennen und Beschreiben, so wie ich ja eine bin!
Einen Herrn nannte sie einfach „Linus".

Die gestrige Freude am „Vorwärtskommen" hielt mich noch immer umhüllt, doch Frau Linke hatte sich als gigantischer Felsblock auf meinen Tagespfad geschoben, der wohl nur noch vom Zahnarztbesuch nächste Woche getoppt werden kann.

Nahtlos schmiegten Ming & Julchen die Festivalgestaltung ans Frühstücksgeschehen an, während ich wiederum an meiner Teetasse fest hing, und ein Interview mit Johann König las, einem sog. „Comidiän" der morgen in der Auricher Stadthalle gastiert, die bereits seit Wochen ausverkauft ist.
Ein Herr, der sich grad wie das Beätchen in der „Clown-Konstellation" befindet, und z.T. ottO- oder beätchenartig schlagfertige Antworten gab.
„Ist das Publikum sehr unterschiedlich?"
Das Publikum sei überall gleich unterschiedlich, und in Ostfriesland & Bayern sage man je: „Hier sind die Leute eben so!"
Gleich neben diesen erheiternden Zeilen wurde der Mordprozess im Auricher Landgericht genußvoll ausgewalzt:
„Er zog seinem Opfer die Kleider aus!" so erfuhr man.
Doch den harschen Mordvorwurf hat man nun auf Totschlag mit Todesfolge abgemildert.
Der Angeklagte, ein Hilfskellner aus Juist, war mit der Zufallsbekanntschaft aus der Disco auch gleich in einen Zufallsbekanntschaftszwist hineingeschlittert und das, nachdem man doch zuerst Zärtlichkeiten ausgetauscht hatte!

Dann wurde sie zickig, er drückte zu, und konnte die Hände wie in einem Krampf nicht mehr von ihrem Alabasterhals lösen…

Hier sitze ich nun in Buzens Zimmer und beschreibe einen Mordfall, so wie er sich nach den lustvollen und detailreichen Schilderungen der „Ostfriesischen Nachrichten" in meinem Kopf ausgebreitet hat.

Der Angeklagte gab gefasst Auskunft, doch in seinen Augen schimmerten Tränen. „…der Reu und Scham", wie der Anwalt denkt, und „der Pein und Schmach, bald einsitzen zu müssen!" wie wiederum der Staatsanwalt denkt, und der Angeklagte habe gar gefragt: „Bin ich jetzt ein schlechter Mensch?"

Ming glaubt, Frau Linke bereits gesehen zu haben, und zur rechten Zeit schimmerte zwischen dem kahlen Geäst unserer Hecke das klapprig gebogene alte Knochengestell auf, und alsbald schellte es an der Türe: Eine frischgebackene Ü80erin mit einer neuen Bubi-Frisur verschönt!

Zieht man 79 Jahre ab, so war die kleine Hildegard ja auch mal frisch & süß, wie´s heut das Pröppilein ist, das sich nun mit Mutti Julchen auf der Terrasse zeigte.

„Mach Linke, Linke!" hätte man sich hier ein kleines Wortspiel erlauben können, doch das Pröppilein geht nie groß auf Befehle ein, und so stellte sich

Frau Linke unbewunken in den Windschatten unseres musikalischen Dickhäuters, den Flügel, wo ich mich mühte, einen angemessenen Unterricht abzuhalten.
Der Steg der schönen alten Leipziger Bratsche war wieder ganz weichgebogen. Ich bog daran herum, stimmte, und empfand die Schulterstütze als unerhört unbequem.
Dann erfuhr ich, daß der eine Musikant in der Bänd ihres Sohnes ein Aneurysma erlitten hat, und dies sei ganz entsetzlich, da er das Herzstück der Bänd gewesen sei, und hinzu so schön sang!
Ich versuchte ganz viel Mitgefühl zu mobilisieren, da sich der Asperger-Verdacht der auf mir lastet, sonst vor mir selber verdichtet hätte, und einem Aspergerbefallenen sei dererlei völlig piepenhagen, heißt´s.

Heut war´s mit Frau Linke schlimm.
Wir versuchten uns an einem Haydn-Quartett, und so manch eine Stelle raffte Frau Linke überhaupt nicht, und jegliches pädagogisches Bemühen fruchtete nichts. Zum Verzweifeln!
Einen Ton hatte ihre so geigengewandte Tochter Bettina bereits gestrichen, und dabei hätte man auf dies lustige Dreiton-Gebilde, das sich nach der Streichung in ein eingerupftes Zweitongebilde verwandelt hatte, so schön „Frau Linke" singen können.

Doch ich konnte sagen was ich wollte, es schaffte nur Konfusionen extra, so daß wirklich aufgeatmet werden durfte, als die Stunde endlich vorbei war.
Hernach kam auslosebedingt gleich zwiefach meine Karriere zum Zuge, doch der Läptop war dermaßen lahm und langweilig.
Bei jedem Klick spürte man den Ungehorsam des Geräts bereits im Voraus. Es schimmerte die Sanduhr auf, und strahlte nach Art eines lästigen Gastes, wie beispielsweise dem „Lotti" aus der Lindenstraße, die Attitüde aus, daß sie sich wohl nicht so rasch wieder zu verzupfen gedächte? „Sofort beenden" mußte man auch ständig klicken, bloß daß sich auf diesen zunächst emsig ausgeführten Klick nichts zu verändern pflegte.
Mein Bemühen dehnte sich auf ärgerliche Weise, und zwischendrin kochte das Julchen ein Mahl rund um Pröppileins Bedürfnisse herum.
Das Pröppilein heulte einmal laut und barmend, weil es mit den Schachfiguren auf dem Flügel spielen wollte.
Doch nun war doch erst einmal die Mahlzeit angesagt, und wenn es nach dem Pröppilein ginge, so würde man alle Tätigkeiten durcheinandermixen.
Das Pröppilein hat nämlich sehr viele Interessen und Hobbys: z.B. durch die lustige Vogelpfeife zu pusten, und das Julchen hofft manchmal, ich könne es vielleicht mit einem Spiel gefangen halten, oder

auch z. B. damit, gemeinsam das große Winterwimmelbuch durchzustudieren.

Also erzählte ich dem Pröppilein Wimmelbuchgeschichten, und bildete mir dazu ein, das Julchen das nebenan am PC arbeitete, könne über mich denken: „Sie *kann* einfach nicht mit Kindern umgehen!"

Und so bemühte ich mich auf Teufel komm raus, interessant zu sein, indem ich einfach drauf los schwätzte:

Ich hatte ein kleines Detail auf dem großen Bild entdeckt, über das sich referieren ließ:

In einem Zimmer hinter einem Fenster hing ein Gemälde an der Wand, das eine entblößte Rubensschönheit umrahmte, die wie hingegossen auf der Chaiselongue lag.

Zwei Kinder, die von der Straße aus durch das Fenster blickten, amüsierten sich über diesen Anblick, und der Lustgreis daneben, ein Herr mit einem spitzzulaufenden Kinnbart und einem gebogenen Spazierstock, schaute das Gemälde natürlich mit ganz anderen Augen an als die Kinder, wie ich dem Pröppilein nun plastisch erzählte.

Doch dererlei interessierte doch das Pröppilein nicht, und wenn man ehrlich war, so merkte man, daß ich hauptsächlich für die Sinne vom Julchen sprach, das absorbiert in der Computerecke saß, und durch keine Regung verriet, ob sie in irgendeiner

Form ein noch so kleines Eck ihres Ohres auf meine Geschichten gerichtet hielt?

Mittags rannte ich zum Combi-Markt.
Leider stülpte sich meine provisorische Unterhose, die als Unterhosenprovisorium allenfalls noch nostalgischen Wert besitzt, beim Rennen zur Gänze um. Sie verwandelte sich in ein Röcklein, und rutschte beim „Ras"vorgang unter die Hos, bis unter die Knie hinab.
Gerhard Schröder fungierte als Titelheld für den „Stern", und die verhießene Titelgeschichte wollte uns Leser in verbrämter Form darüber in Kenntnis setzen, daß sein Leben so leer sei. (Seine Ehe sei ranzig geworden, und Doris ginge ihrer eigenen Wege, verriet das Blatt, und bescherte Millionen Lesern ein sog. „Aha-Erlebnis".)
In der Bild las man, daß Kinder auch fürs Seniorenheim der Eltern aufkommen müßten, wenn diese Rabeneltern gewesen seien, und seit Jahren kein Kontakt mehr bestünde.
Gossen-Goethe Wagner prahlte ein wenig rum, wie es bei denen früher wohl paradiesisch gewesen sei? „Vater" sei für ihn das zweitschönste Wort nach „Mutter" gewesen. Hallo?!? Wäre es da nicht deutlich wagnerhafter gewesen, der alte Prolet hätte geschrieben „Vater" sei für ihn das drittschönste Wort nach „Fußball" und „Mutter" gewesen?

In der Tom-Brook Straße radelte die Charlotte eilig grüßend und zügig an mir vorbei, so daß ich bald bloß mehr ihre verschwindende Mützplatte sah, und mir „meinen Teil" dachte. D.h., es gab eigentlich gar nichts besonderes zu denken.

Daheim war Ming, wenn auch vielleicht mit *einem* Beine im Knaste stehend, froh: Er hatte einen Anruf aus dem Ministerium erhalten, und für Montag um 11 Uhr einen Termin. Juhu!
Die Frau sei ausgesucht höflich gewesen, freute sich der süße Ming.
Der erfröhte Ming befand sich auf dem Sprung zu joggen, um sich noch lang für seine kleine Familie zu erhalten.
Pröppilein ist immer ganz begeistert, wenn ich Geige spiele, und zieht das Julchen ins Musikzimmer.
Ich interpretierte den zweiten Satz von der Kreutzer-Sonate, wie ich hoffte, pröppigerecht.

Zu später Stund gab´s bei uns ein Abendessen mit warmem Brot und Schinken.
Ming monierte, daß die Schublade in der Küche kaputt sei, seitdem ich hier bin, und als ich mir einen Apfel griff, nötigte er mir aufdringlich einen Teller auf.
Ob das jetzt auch so weitergeht wie beim Beätchen?
Dann nagelte mich Ming, wenn auch gutmütig, darauf fest, daß ich soeben wieder einen Asperger

Schub hatte: Ich häbe einfach weitergebabbelt, obwohl alle sich entfernt hatten!
„Ming! Asperger verläuft nicht in Schüben!" erklärte ich naseweiß.

Rehlein hatte mir Teile aus einem Brief von der Ulla abgetippt, worin ein Loblied über mich gesungen wurde.
Die Ulla entrüstete sich darin direkt wirbelig gegen das Beätchen in Petaluma. Sie habe das Beätchen einst als nett, so jedoch auch etwas überkandidelt empfunden, schrieb sie, und statt entrüstet die Familienehre zu verteidigen, rieb ich mir die Hände.

Am Abend war ich arbeitsam:
Neben dem Flügel stehend übte ich auf meiner Violine, und in der Ferne hat man gesehen, wie Ming pausenlos telefonierte.
Hernach tippte ich eine Mail an Rehlein, und geriet dabei auf einen Plapperpfad, indem ich Mings bevorstehenden Knastaufenthalt launig thematisierte:
Einmal pro Woche dürfe man mit Ming durch schmuddeliges Plexiglas kommunizieren, und im Raum stünde ein nach außen hin gelangweilter Beamter, allerdings mit gespitzten Ohren, und nur „daß Landschaftsdirektor Bärenfang bekanntlich am liebsten auf den längeren Hebel der Vernunft

scheißt", dürfe gesagt werden, da dies von oberster Stelle gestattet worden war.

Ich als Aspergerbenagte saß, allen Blicken preisgegeben, in dunkler Nacht in einem hell-erleuchteten Glaswürfel, und tippte wunderliches Zeugs zusammen.
Die Pfarrerin Frau B., eine gutaussehende Dame, die nicht so gerne Geld ausgibt, frug schwammig vorsichtig und auf eine leicht knickerig wirkende Weise, was mir wohl für ein Lohn vorschwebe, da die Einkünfte doch für eine Stiftung gedacht seien?
An eine Stiftung für mich denkt jedoch niemand.
Einen Brief von der Sabine* fand ich blöd:
Gespickt mit Worten wie „Hi" und „Sorry".
Eine Übernachtung könne sie mir leider nicht anbieten, da der Marco mitten in den Abiturvorbereitungen stüke, und sie sich wünsche, daß er „so wenig wie möglich von „unseren Vorbereitungen" mitbekäme.
Doch in Wirklichkeit dürfte es wohl eher so sein, daß bei denen der Haussegen schief hängt, und die Sabine möchte, daß *ich* so wenig wie möglich davon mitbekomme.
*Sabine: Eine schwäbische Pianistin, mit der ich ein Konzert zum 80. Geburtstag einer Dame bestreiten würde.

Dann legte ich auch noch ein finales Üb-Brikett nach, das bis Mitternacht weiterglühen sollte.

Die jungen Leute schauten „Beckmann", mit Gerhard Schröder als Ehrengast, dessen großes zufriedenes Gesicht man somit durch zwei Zimmer hindurch schimmern sah.
Ich brachte Ming ein liebes Küßchen, und stellte die Heizung um einen Schrägstrich weiter, weil es ein wenig kühl geworden war.
Buzens Zimmer fühlt sich für mich an wie eine Zelle. Allerdings eine, wo ich gerne bin.
Eine gläserne Zelle, da ich nie die Vorhänge zuziehe.

Freitag, 14. Februar

Grau, aber mir gefiel´s!

Am Morgen weckten mich Ming & Pröppilein.
Es heißt, daß das Pröppilein seit zwei Tagen mehr erzähle denn je.
„Ante Tick!" sagte es zu mir.
Heute morgen habe es aus dem Fenster geschaut und „Gack!" gerufen, weil ganz in der Ferne eine Taube zu sehen gewesen sei, berichtete Ming stolz.
Ich bewunderte die bezaubernden kleinen Patschhändchen, und das süße Pröppilein fasste sich einen meiner, mit einem reliefartig herausgearbeiteten Affenkopf gezierten Babuschen, und trug ihn davon.

Schon stak man in der Aufsattelung zum nächsten Kapitel seines Lebens: Brötchen holen!

„Ach, es ist noch kein Frühstück gemacht?!" sagte Ming enttäuscht und mit Unterton.
Doch das Engelstablett vom Pfarrer Rübel stand bereits vollgebeigt in der Küche, und wartete nur noch darauf, in die Stube getragen zu werden.

Beim Frühstück wurde die Rede auf die Tante Bea geschwenkt, die über das Jubilierungsfoto, auf welchem das jubilierende Pröppilein in seinem Hochsitz neben dem früh erkahlten Christoph-Otto Beyer sitzt, womöglich fehldenken wird: „Ach, der Iwan verliert ja allmählich doch seine Haare!"
Das Julchen betrachtete ein Foto von uns aus dem Jahre 2004 und fand, daß sie seit dieser Zeit sehr gealtert sei.
Es gab ein warmes Baguette, und über eine selbstgemachte Marmelade erfuhr ich, daß sie von der Gretel sei: Von *unseren* Blaubeeren, die die Gretel heimlich gemopst habe, wie das Julchen nun bedeutungsschwer erklärte.
Und woher man dies wisse? - weil die Gretel es gestanden habe.

Heute verließ die junge Familie das Haus bereits am Vormittag, um mit der Lütten an die frische Luft zu gehen.

Auf „gut Glück" hatte man die Kleine vor meinem Auto abgestellt. Meine Schuhe „Rudi & Herwig" (die beiden Affen) waren an den Sohlen ganz zerwetzt, so daß ich naßkalte Füße bekam, als ich auf die Steinplatten trat, um nach Pröppileins Dreirädchen zu schauen.
Pröppilein hat ein Dreirädchen das man schieben und ziehen kann, und am liebsten schiebt´ses!

Ich litt unglaublich unter den geistlosen Absagen der Kirchen, die immer „keinen Bedarf" haben, und eine Sekretärin schrieb so besonders dümmlich, daß sie „das Glück" hätten in ihrer Gemeinde mehrere professionelle Musiker zu haben, so daß der Kirchenvorstand beschlossen habe, für auswärtige Musiker gäbe es keinen Bedarf.
Etwas, das man doch besser dem Kirschneroth hätte geschickt haben sollen, als er nach dem gemachten Intendantennest geschielt hatte!

Ich übte für das Konzert zum 80. Geburtstag, doch der Brief von der Sabine hatte mir die ganze Lust genommen. Was, wenn die Bezahlung aus einer Karte für das Ballett „Krabat" und einem gemeinsamen Seiblingessen besteht?
Und vorallem diese Unlogik: vom 12. – 16. März könne ich bei der Hannelore logieren. Doch das Konzert ist doch schon am 12.! Wo soll man denn da üben?

„Brauchst du nicht!" sagte das Julchen, ohne den Kopf von der Mattscheibe abzuwenden, auf meine unbeholfene Frage, ob ich wohl etwas kochen solle? „Joi", sagte ich auf eine Art, die mir gänzlich wesensfremd ist, und knapp-bündiges Verstehen signalisieren sollte, da einen in Julchens Windschatten beständig das Gefühl beschleicht, sie bei etwas ganz Wichtigem mit einer Banalität zu molestieren.

Mittags tischten die jungen Leute Kuchen auf, und ich tat so, als habe ich bereits gegessen - folgte dann allerdings doch noch Mings Lockruf zum Tee.
Ich erfuhr, daß man bereits im „Sesam" einen Kaffee getrunken, und hernach den Kinderarzt aufgesucht habe, dieweil man sich für die sog. U6 einen Termin geben lassen wollte.
Der Kinderarzt sei jedoch überlaufen gewesen, habe keinen Bedarf an neuen Patienten, und die Empfangsdame sei arrogant.
„Wie?!?"
Ein Thema das mich als Aspergerbehaftete offenbar sehr bannt, doch leider wurde es nicht vertieft....
Hi und da erzähle ich jene Geschichte, wie der 13 Monate alte Buz im Frühsommer 1939 mit dem Löffel auf die Suppenoberfläche hieb, so daß es gespritzt hat.
Damals habe man allerdings noch wenig Ahnung von der Pädagogik gehabt, und die jungen Eltern

warfen sich bloß Zöffeleien an den Kopf: „Das hat er von Deiner Mutter!" (z.B.), statt dem kleinen Wüterich den Löffel wegzunehmen?

Betritt man den ersten Straßenarm der Auricher Fußgängerzone, so läuft man zunächst an der „Hexenküche" vorbei, und dort muß ich immer an Dirk und Lübbke denken, ehemalige Spezis Buzens, mit denen man heut verfeindet ist, und dort einst zuweilen gemeinsam eine Suppe zu löffeln pflegte. Im Optikerladen daneben fühlte ich mich direkt als fremde Frau in einer fremden Stadt.
Als ich soeben loskaufen wollte, dieweil ein bebrilltes scheues junges Fräulein auf mich zugetreten war, bemerkte ich, daß ich den Jutebeutel mit dem Börsl einfach im Fahrradkorb hab liegen lassen, und stürmte wie ein Wirbelwind wieder hinaus.

Nach Art einer ganz lieben Schwiegermutter pflege ich den jungen Leuten die feinsten Marmeladen aus dem Bioladen zu kaufen, und daheim sogleich in den Schrank zu räumen, statt mit meiner Güte zu prahlen und sie auf dem Tische stehen zu lassen, wo sie stumm und vorwurfsvoll ein „Schaut her!" hätten verkörpern können.

Abends badete Ming das Pröppilein, und skypte dazu mit Rehlein & Buz, die ihr süßes Enkelchen mit seiner frischen Haut aus purem Marzipan somit in der Wanne bestaunen konnten.
Doch der Empfang war schlecht. Es rauschte und knisterte, und man verstand kaum, was Rehlein da erzählte, - sah allerdings, daß sich das süße Rehlein für das Skypat extra schön gemacht hat.
Das Pröppilein beschäftigte sich derweil mit seinen Badespielsachen, und schaute man von hinten auf es drauf, so sah man durch das durchsichtige Wännchen hindurch, wie der kleine Erziehungshügel leicht geplättet auf dem Wannenuntergrund festsaß, und plättungsbedingt hell angelaufen war.
Dies geschah, während das Julchen für uns kochte.

Beim Üben zu später Stund rief ich mir nochmals das badende Pröppilein ins Gedächtnis zurück, und fand es so entzückend! Das kleine Menschlein in seinem Wannenbad.
Man kann nur von Glück sprechen, daß ich etwas reifer bin, als es die Omi damals war, und somit nicht auf die Idee kam, Eiswasser in den zarten Kindernacken zu kippen, weil dies angeblich gut für die Entwicklung sei. („Wahrhaftig!")

Am Abend telefonierte ich ganz lang mit Buzen. Inzwischen stehen die Fahnen dahingehend, daß Landschaftsmitarbeiter Dirk – an Größenwahn erkrankt – gemeint hat, er sei der erste Mann im Lande, und somit Boss des Musikalischen Sommers.

Samstag 15. Februar

Z.T. schön sonnig.
Dann wieder graue Wolkenbänke.
Wärmlicher Wind (angenehm).
Abends ein stürmischer Regen

Ich richte mich jetzt darauf ein, vielleicht 99 Jahre alt zu werden, wie einst Kanzler Schröders Mutter Erika, *und bis dahin lebe ich als geduldete Uralt-Tante in Buzens Zimmer bei „Yara & family". (Auf neuschwachhochdeutsch geschrieben.)*
Die beiden Söhne „Justin" und „Jaden" sind bis dahin längst zum Studium aufgebrochen, und ich bin immer noch da!

Am Morgen hatte ich so irre gut geschlafen.
Zuerst hörte man vor der Türe das Frühstückszubereitungsaufgeschepper, und man sollte doch direkt meinen, die jungen Leute würden ihr Familienleben ohne Rücksicht auf mich absolvieren oder gar zelebrieren.
Doch der treue Ming hat immer ein fürsorgliches Gedankeneck für mich parat, und weckte mich nun

in Gesellschaft vom kleinen Yaralein, das einem doch immer etwas erzählt, und so wurde ich mit einer Guten-Morgen-Geschichte in den Tag hineingepflückt.
Man erhob sich aber auch in den 90. Geburtstag von Tones Papi hinein, der verstorbenheitsbedingt wohl leider hatte abgesagt werden müssen? Es sei denn, man wolle vielleicht einen stillen Gedenksgeburtstag feiern, wo womöglich eine Videobotschaft des Verblichenen abgespielt würd?
Trotz allem sang ich ein frohes Lied und erwog kurz, eine sonnige Karte zum 90. zu schicken und mir den Anschein zu geben, die Kunde vom Exitus des Jubilatoren sei noch nicht bis zu mir hergedrungen?

Einmal saugte Saugoholiker Ming Staub.
Ming hoffte, das Pröppilein auf diese Weise spielend auf die in seinen Sinnen unerlässliche Staubsaugerei einstimmen zu können, indem er das Wesen des Staubsaugens liebevoll erklärte.
Ich aber meinte, dies sei nichts für zarte Kinderohren, und das Pröppilein ist dann auch sehr bald die Stiegen hinaufgekraxelt, um sich vom Lärmquell zu entfernen.

Als sich die junge Familie bald darauf zu einer Brotzeit niedersetzte, übte ich im angrenzenden Musikzimmer, mit Blick durch die Glastüre auf das

Familienidyll, Ysayes sechste Sonate, mit all ihren skurrilen Betonungen.
Das Pröppilein musterte mich belustigt und interessiert, während es auf dem Kinderhochsitz eingeschraubt, die liebevoll gerichteten kleinen Käsebrotquadrätchen aß.
Das Leben beginnt und endet mit einer Schnabeltasse, und mundgerecht geschnittenen kleinen Brotquadrätchen.

Bald darauf entschwanden die jungen Leute zu ihren nachmittäglichen Zerstreuungen in der Stadt, und auch ich raffte mich nach längerer Zeit wieder zu einem Trimm-Dich auf.
Am Spielplatz nervten mich kreischende Jungs. Einer hieb mit einem angelartigen Ast herum, und ich fand das ehrlich gesagt so blöööd.
Ganz von alleine hat sich auf meinem starren Lebenspfade ein kleiner Seitenweg gebildet:
Links vom Wege befindet sich ein kleines Knisterwäldchen, das sehr für Ostfriesland spricht, und in welchem ich mich ausgesprochen wohl fühle.
In zartem Sonnenschein rannte ich in der Nähe vom Volièrenaltenheim herum – (einem Altenheim mit einer sehr lauten Volière als Vorbau.)
Hi und da entdeckte ich ein Bänkchen, worauf man sich im Sommer wirklich sehr gut setzen könnte, und außerdem hat man dort seine Ruh, denn ich begegne doch so ungern.

In dem kleinen Wäldchen gefiel´s!
Es gab ein paar Wegesadern, von denen ich mir Abwechslung erhoffte, und zuweilen sah man jemanden mit rotem Wams und einem weißen Hündchen zwischen dem winterlich kahlen, grünspanigen, so jedoch von der Sonne zart beschienenen Geäst.

Einkauf bei Edeka:
Am Kopf einer menschenleeren Kassenschleuse saß eine bebrillte Kassendame nur rum.
„Moooin!" sagte ich eher beiläufig nach Art eines Jemanden, der seine Lebenswege stringenten Schrittes durchschreitet.
Doch daß die Dame derart präsent und intensiv „Moin!" sagte? Davon klang mein hemdsärmeliger Gruß im Nachhinein direkt ein wenig unhöflich.
Die Sonne stach durchs Wolkengebräu, und es schaute atemberaubend aus.
Ming als eingesessener Bürger und besorgtes Familienoberhaupt mußte sich zu einer Vorstandssitzung beim Rüdiger begeben, und gab mir zum Abschied noch einen Kuß.
Wir Geschwister küssen uns zwar oftmals auf den Mund, doch hi und da biegt Ming diesen gar zu privaten Kuß in letzter Sekunde etwas ab, um besser zwischen neuer und Ursprungsfamilie zu differenzieren.

Ich schaute auf das Pröppilein, das auf Mamas Arm bereits im Nachtgewand stak.
„Mach winke, winke!" riet man, und das Pröppilein wunk so bezaubernd.

Zum Abendessen sprachen wir über die Todesstrafe für Kinder, und streiften in diesen Debattierungen auch jenen 10-jährigen amerikanischen Buben, der seinen schlafenden Vater in den Kopf geschossen hat.
Da es sich beim Vater allerdings um einen bekennenden Rassisten gehandelt hatte, der die Vorherrschaft der weißen Rasse anstrebte („weil es die Wahrheit ist"), sind viele der Meinung, der Bub habe ganz richtig gehandelt.
Dumm ist lediglich, daß der 10-jährige seinen Vater wohl kaum aus politischen oder gar menschlichen Motiven erschossen hat – sondern eher „einfach so und ohne Grund".
Mit anderen Worten:
Er hätte ihn wohl auch erschossen, wenn es sich um einen Geistlichen oder gar Friedensapostel gehandelt hätte? Und all diese Feinheiten muß das hohe Gericht nun in die Bedenkungen einfließen lassen.

Sonntag 16. Februar

Mal kalt, windig und regentröpfelig –
dann wieder schöön!

Ich freute mich so sehr über das bevorstehende sturmfreie Wochenende, über dessen Ende ich überhaupt nicht hinwegdenken mochte.
Heute schlief ich leider nicht so toll, und dabei hatte ich doch allen vorgeschwärmt, wie sagenhaft ich in Buzens Bett zu schlafen pflege.
Kraft- und saftlos war ich hindess am Morgen allemal, als sich das Familienleben in Form lautstarken Pröppigebabbels entrollte.
Morgens zeigt sich das süße Pröppilein auf dem Arm von Papa Ming.
Gerührt umfasse ich die prallen Waden, die sich anfühlen wie hartgekochte und für den Verzehr geschälte warme Enteneier.

Leider dauert es immer so lang, bis ich den Ausstieg aus dem Bett geschafft hab, und dabei war das Frühstück bereits fertig, und es duftete so köstlich nach warmen Brötchen.
Pröppi steht natürlich voll im Fokus des Entzückens, und babbelt seit etwa 7 Tagen so viel wie nie zuvor.

Nach einer Weile telefonierte es mit Omi Birgit, und war goldig! Es entspann sich eine richtiggehende kleine Symphonie, und das Pröppilein erwies sich als ebenbürtige Plauderpartnerin für die Omi.
„Ooooooooh!" sagte es immer ganz langgezogen, und spitzte die Lippen so bezaubernd, daß wir Erwachsenen laut und erheitert lachten.
„Deggggggn!" fügte es sodann hinzu, und in seiner Gesamtheit erinnerte der Dialogteppich direkt an den Hinkel im „großen Diktator".

Großes Geschick zeigt das Pröppilein auch, wenn´s vom Eßzimmer ins Ashram läuft.
„Vorsicht Stufe!" rufen die Erwachsenen, und das Pröppilein bleibt so geschickt an der Kante stehen, und nur ein einziges Mal sei es hochkant durch die Luft geflogen.
Heute reiste die kleine Familie nach Hannover.
Man plante, in einem Hotel zu logieren, in dem das Baby kostenlos mitnächtigen darf.
Morgen mittag geht´s in den Zoo, und das Julchen freut sich schon sehr auf den ersten Zoobesuch mit ihrem kleinen Töchterlein.

Für mich begann ein Traum: Sturmfreie Bude!
Ich joggte in dem kleinen Wäldchen herum, und einmal begegnete ich einer kantigen und stark verrunzelten Frau mit Dogge, und auf dem Heimweg zwei süßen kleinen Mädchen, die ein

neugieriges Hündchen ausführten, und mir gefiel der Gedanke, daß das Pröppilein in vielleicht 10 – 12 Jahren auch so ein süßes Mädchen wird, wie Buzens Schülerin Hannah, die immer so viel Licht und Sonnenschein ins Leben bringt mit ihrem lieben Sonnengesicht.

Eine Sorge hat man ja:
Buz schreibt zwar seine Autobiographie, doch über das Thema Hilke, in deren Kopf er sich doch seit Jahrzehnten wie ein Mühlrad dreht, schreibt er womöglich nach Jorbergart, schlicht:
Eine kurze Affäre ohne jede Bedeutung – nennen wir sie „Petra" – hielt mich einige Jahre von meiner Mission ab.

Mit Pröppis kleinem Zeigefingerlein hatte man mir eine Mail zusammengetippt, die den Titel: „Ante Tika" trug.

Vor dem PC sitzend, fühlte ich mich plötzlich so unerhört abnorm:
Wenn´s denn man nur das Asperger-Syndrom wäre! Doch da kommen wohl noch ein paar andere Syndrome hinzu, und ich stellte mir vor, wie ich mich dem Julchen als Forschungsobjekt für ihre Doktorarbeit zur Verfügung stelle: Meinetwegen darf sie meine Abnormität(en) „Müller-Syndrom" nennen.

Draußen hatte sich eine Nordseewetterlage ausgebreitet: Aufdringliches, eiskaltes Regengespritze in hartem Wind.
Manchmal war das Wetter dann allerdings ganz plötzlich sagenhaft, da der Wind die z.T. schwärzlichen Wolken beiseite gepustet hatte, so daß sich die hinweggepackte Sonne genüßlich auszubreiten und zu strecken schien, und alles mit glitzerndem puren Gold übergoss.
Ich legte Beethoven-Cellosonaten mit Ming und Herwig ein, und dichtete los. Es war dunkel geworden, und die „Lindenstraßen"-Vorfreude schlich sich auf angenehmen weichen Babuschen in unser Heim.
Lindenstraße:
Der kleine Paul schrieb einen verdeckten Liebesbrief an den Hajo, doch die böse Lisa wollte gleich aufs Inquisitorischste kontrollieren, was er da so schreibt, und mischte sich auf Beätcheart aufdringlichst in das Privatleben ihres Sohnes ein.
Ich leide sehr an der Bea in Petaluma.
Doch wie sehr muß man da erst leiden, wenn man gezwungen ist, sich beständig im Windschatten einer alles beherrschenden und kontrollierenden Mutter zu bewegen?

Montag, 17. Februar

Vormittags z.T. schöner Sonnenschein, dann wurden aber wieder graue Wolken herbeigeweht

Am Morgen träumte ich, daß ich anregte, das neueröffnete Dampfschwimmbad zu besuchen. Wenn ich derart schöne Anregungen im wahren Leben doch bloß auch einmal machen könnte!
Doch mein Energietank war leer.
Man fühlt sich vielleicht so, wie ein kleines erlahmtes Börsl aus den 60er Jahren, dessen Schnappverschluß seine Spannkraft verloren hat. Zwischen den Tuchfalten lassen sich allenfalls noch ein paar klebrige und grünspanige Pfennigstückchen hervorkrümeln, die heutzutage keinerlei Wert mehr besitzen.
Drei- bis viermal schwappte ich noch einen zehnminütigen Schlummer nach, und hatte hernach kaum noch Kraft, mich auf die Haxerln zu wuchten.
Eine riesengroße Sorge in meinem derzeitigen Leben ist zudem, daß ich wieder üppiger werden könnte, und bald nicht mehr in die Konzertkluft passe.

Ich schaute einen „Familien im Brennpunkt"-Fall an: Vorgestellt wurde eine 17-jährige, mit ihrer verhärmten, vom Leben vielfach verarschten Mutter.

„Mir steht´s bis HIER!" schäumte die 37-jährige furchteinflößend, so wie hier zu lesen, über die ewige Baby-Sittelei, denn ihre Tochter war nach einem sog. „One-night-stand" mit einem verpickelten Typen erschwängert, und nun hatte man den Salat!

Der Typ wollte sich vor der Verantwortung drücken, und stieg schnell in sein Auto, um davonzufahren, als man ihn an seinem Arbeitsplatz abfing, um ihn auf den „Segen" anzusprechen.

Da blieb einem nur noch der Gang zum Anwalt übrig, und der Anwalt hatte so eine herabfallende Tuchfrisur, mit der er putzig wie ein Vogel aus dem Vogelpark in Westerstede ausschaute.

OK, in dem Alter kann man bei den Frauen vielleicht nicht mehr so recht punkten, aber man kann etwas aus sich machen, indem man beispielsweise wie ein Naturgebilde ausschaut, – in diesem Falle wie ein Vogel - und dazu hatte er sich auch noch einen kleinen Gamsbart stehen lassen, so daß die Illusion perfekt war.

Im roten Sorgenstuhle auf einem Lammfell saß ich gut – allzu gut.

Ich bemalte die Sabine mit dem Ansinnen, doch lieber die Mozart Sonate in A-Dur zu interpretieren, und nun fühlte sich die Sabine am anderen Ende der Bemailung so b-seitelig an.

„Ich hab echt keinen Nerv für so was!" dachte die Sabine in mir sauer.

Bei „Rossmann" traf ich Frau Backe: Frau Backe hielt sich geheimnisvoll. Auch sie sei sehr lange aushäusig gewesen, und erst vor wenigen Tagen wieder zurückgekehrt. Wo genau sie sich befunden habe, vermochte sie hindess nicht so recht zu konkretisieren, bloß daß sie „an verschiedenen Stellen" war, und ihre Zeit in Aurich nun so allmählich ausriesele. Noch zwei Jahre würde sie hierbleiben wollen, erfuhr ich bestürzt, doch dann? Wohin sie der Fluß des Lebens hernach hinschwemmen wird, vermochte sie mir auch nicht zu sagen. („Ich lasse mich überraschen, was das Leben noch mit mir vor hat.") An der Kasse stand ein echter Polizist. Blutjung, kaum älter als die Daaje, und dennoch hingen an seinem Hosenbund mit den Polizeiutensilien gar Handschellen, so daß er herumlaufen und Leute verhaften könnte. Und schon hätte sich sein Leben in ein aufregendes Räuber- und Schandarmenspiel verwandelt.
In der Zeitung sah man das Foto eines im Jahre 1916 gehängten Elefanten.
Die dicke Lady hatte einen Pfleger totgetrampelt, und war dafür in US-Logik zum Tode verurteilt worden. Ein unfaßbarer Anblick!
Später erfuhr ich jedoch, daß das nur ein gigantischer Plastikelefant war, - kein Galgen der Welt sei stabil genug um einen Elefanten zu hängen - und den Plastikelefanten habe man nur gehängt,

um die aufgebrachten Bürger zu beschwichtigen, und hernach herrschte auch gottlob Ruh´.

Wieder las ich im Buch über die mörderische Laurie, die nach Art vom bösen Uschilein* so einen irrwitzigen Hass auf alle möglichen Leute kultiviert hatte. Oberflächlich gesehen hatte sich der glühende Hass nur an Kleinigkeiten entzündet, doch unter diesen scheinbaren Kleinigkeiten loderte ja das Gigantische: Die bittere Erkenntnis, wie schmerzlich wurscht man allen ist! Sie legte ein Feuer, und stürmte mit der Knarre eine Grundschule…*
Uschilein: Die böse „Exe" von unserem Onkel Eberhard

Daheim bemühte ich mich um Tüchtigkeit. Das leere Haus war mir so angenehm.
Um 17:10 schaute ich „Hallo Deutschland".

Im Fall „Maria Bögerl" wurde ein Massengentest vorgenommen, und der Bürgermeister trat mit gutem Beispiel voran, indem er der Erste war, der sich freiwillig testen ließ, auch wenn es geradezu lachhaft absurd schien, daß der Bürgermeister eine Dame entführt und ermordet haben soll?

Man erfuhr, daß der Bischof Tebartz das Geld für die goldene Badewanne aus der Kasse einer Stiftung „für die Armen" entwendet hatte.

Beim Üben sah ich die Scheinwerfer von Mings Auto durch die Hecke leuchten, und wenig später bedeutete mir Ming durch ein zischend-gedämpftes „Psssst!", daß man angekommen sei und das Pröppilein schliefe.
Nein, zum Zoo habe es leider nicht mehr gelangt, da der schon um 16 Uhr zu schließen pflege.

Auslosebedingt tippte ich im Büro an ein paar Mails für den Stadtkirchenverband Hannover herum, doch ich tat´s lahm, und legte keine besondere Hoffnung hinein.
Meist bemailt man irgendwelche Sekretärinnen, von welchen sodann vermutlich zu hören sein wird, daß sie meinen Brief weitergeleitet haben, und damit hat´s sich dann auch.
„Daß die Kika sich so gar nicht dafür zu interessieren scheint, wie es gelaufen ist?!" dachte Ming in mir bekümmert. Doch Ming hatte ohnehin keine Zeit für mich.

Ich als Übende kehrte alle Pausen unter den Teppich, bloß daß Ming mich für meine Ausdauer bestaunen möge.
Zunächst sah man Ming im Sorgenstuhle pausenlos telefonieren. Später saß Ming am Eßtisch und telefonierte weiter. Etwas das mich ganz nervös

stimmte, und dann war das ausufernde Telefonat mit der Barbara ganz plötzlich vorbei.

Ming bilanzierte, wieviel Geld wir noch haben: Rehlein und Buz haben noch ein kleines, allmählich einschrumpfendes Vermögen. Ming knapp 3000€ und das Julchen so etwa 1300. Doch das Julchen wollte nur noch vor dem Fernseher abhängen und nicht über Geld reden, bevor man dann wieder nicht schlafen könne.

Dienstag 18. Februar

Grau und gepolstert bewölkt

Vor meiner Zimmertüre knospelte das Familienleben.

Für das Julchen ist das Pröppilein das Wichtigste und Liebste auf der Welt, und ständig verwöhnt sie ihren kleinen Liebling mit Geschenken: Z.B. einem kleinen Holzdrachen mit Glöckchen, den man an einem Stecken stolz hinter sich herziehen kann. „Zeig mal der Tante Kika deinen Drachen!" rief man, und zu diesen Worten setzte ich mich mit letzter Kraft im Bett auf.

„Zeig der Tante Kika den Drachen!" bat auch ich.
Ming wußte zu vermelden, daß der Friedemann gestorben sei.
Er habe an Liebesgram und Depressionen gelitten und sich das Leben genommen, und das Potsdamer Kammerorchester trauere um ihn.
Hab ich nicht gestern erst gedacht, es sei besser, aus dem Leben zu scheiden?

Dem Julchen ist es eine Herzensangelegenheit, daß das Pröppilein all jene Tiere zu sehen bekommt, die es schon kennt, und nun behandelte sie mich kurz, als sei ich Expertin auf diesem Gebiet, und frug mich, wo sich wohl der nächste Zoo befände?
Auf Art der Musikschulsekretärin Frau Saathoff, die immer sehr aufblüht, wenn sie über Schlesien referieren darf, freute ich mich sehr, in dieser Thematik zu Rate gezogen zu werden: Der Zoo in Emmen.
„Da fahren wir hin!" rief das Julchen begeistert, und davon fühlte ich mich dann auch ermuntert von „Burgers Zoo" zu berichten, den ich einst mit meinen geliebten Eltern besucht habe.
„Buz bekam sogar eine Pappnase geschenkt!" ging ich in die Details, verschwieg jedoch, daß es sich um die spitzzulaufende Verpackung eines Eishorns gehandelt hat, die ich ihm auf die Nase gestülpt hab, wodurch er einen höchst amüsierlichen Anblick bot,

der sich auch heute – gut 20 Jahre danach - mühelos aus der Erinnerungskiste klauben ließ.

Ming war am Vormittag so umtriebig und fleißig, und hi und da übernahm ich, ohne gebeten worden zu sein, die Aufsicht über das Pröppilein, das man keine Sekunde lang aus den Augen lassen sollte.
Es hurtelte zwischen den Zimmern herum, und kurz vor der Schwelle ins Ashram pflegen die Erwachsenen auszurufen: „Vorsicht Stufe!"
Dann bleibt´s mit seinen kleinen besöckelten Füßlein wie angepappt auf dem Boden stehen, und schaut aus wie ein kleiner Herzog.

Mittags hatte Ming schon wieder losgekocht. Auf dem Brettchen sah man bereits die emsig zerkleinerten Kürbiswürfel.
„Wie du das alles schaffst!" lobte ich den fleißigen Ming.
Das Julchen ist so nett zu mir geworden. Zwar hielt sie mir am Vormittag die leere Schokoladentafel (Mandel-Nuß) leicht anklagend, so doch auch mit einem belustigten Lächeln, „unter die Nase".
Es sei ein Geschenk gewesen, und sie habe sich bereits darauf gefreut! Das sah ich ein, und ohne überhaupt den Mantel übergezogen zu haben, eilte ich zum Bioladen, um der bewährten Verkäuferin Sabine Kruse gleich zwei Tafeln abzukaufen. Dann nahm ich auch noch einen Sack Äpfel und zwei

üppige Orangen hinzu, und stolz brachte ich dem Julchen die beiden Tafeln.
Nun aber zeigte sich das Julchen in der Küche, Mings Bemühungen gegenüber mäkelig und „erstaunt", so wie Ming zuweilen selber agiert. Tenor: „Das ist alles? Das ist doch viel zu wenig! Ich habe gemeint, Du hast ganz viel zerkleinert!" (Denkt man da nicht gleich an Onkel Eberhards Uschilein? „Daaas soll gebüüügelt sein??")
Im Geiste sagte ich Ming überraschend: „Ich finde das Julchen ganz schön bossig!"
Etwas, das Ming sich selber nicht einzugestehen erlaubt.

Das Pröppilein sitzt nicht so gern in dem beengenden Stühlchen. Es streckt die Ärmchen aus, und strebt jaulend auf Mamas Schoß, und die Mama kommt nicht dazu endlich loszulöffeln, so daß sich die appetitliche Dampfschwade über der Speise so allmählich verzupft.
Einmal versuchte Ming, sich dem Pröppilein gegenüber etwas besser durchzusetzen, indem er etwas bestimmter sprach.
„Bald musst du anfangen laut zu werden!" sagte ich.

Das Pröppilein hatte die blassgrüne Tischdecke etwas eingesaut, und doch sagte das Julchen: „Es entwickelt so allmählich einen Ordnungssinn – merkt ihr es?"

„Gott sei Dank!" sagte ich, und man lachte.
Heute stand ja bereits ein bezauberndes blaues Puppenwägelchen aus Holz mit rotgemusterten Kissen und roten Rädern im Musikzimmer. Begeistert schob ihn das Pröppilein herum.
Nein, beim Spielzeug fürs Pröppilein lässt sich das Julchen nicht lumpen, und Boris Becker würde das wohl allmählich zuviel. Er würde sagen: „Die Kleine hat diesen Puppenwagen schon in rot und gelb und blau – OK, in „gestreift" noch nicht!" Worte mit denen er ja mal der Straps-Babs querkam, als es um ihren neuen Pullover ging, den sich die begeisterte Shoppoholikerin einfach vom sauer erschufteten Gelde ihres Mannes gegönnt hat.*

*Nachzulesen in seiner jüngsten, sehr empfehlenswerten Autobiographie, die ich regelrecht verschlungen habe

Leider litt das Julchen an Kopfschmerzen.
Ming & ich hatten die ganze Zeit an einem Mickey-Maus-Set herumgesucht, das einfach verschwunden war, so daß man´s nicht fassen konnte.
Der ganze Tag ist nur noch mit „Tätigkeiten" dieser Art gepflastert.
Der arme Ming hatte so viel Streß:
Seine Steuerunterlagen für das Jahr 2012 waren abgängig, und in großen Lettern tippte er die wenigen Konzerte ein, die er gehabt hatte, während ich mit dem Pröppilein durch das Spielzeugparadies flanierte, in das sich unsere Wohnstube mittlerweile verwandelt hat.

Ich lustwandelte allerdings mit dem seniorilen Gefühl, daß man diese Spielsachen nun wirklich zu Genüge gesehen hat. Z.B. einen Katzenkopf der kegelförmig von bunten Holzreifen untermäntelt wird, und diesen herabnehmbaren Katzenkopf steckte sich das Pröppilein auf einen Finger und lachte Ming so verbindend an.
Ständig wackelte es zu Ming hin, dem es vielleicht so ging wie mir zuweilen? Man sitzt da, und es wird von einem erwartet, aus Stroh Gold zu spinnen. („Das kann so schwer nicht sein!") Bis unters Kinn sitzt man in einem Bottich an Aufzuschäumendem - nicht wissend, wo der Hebel anzusetzen sei, denn neben der Arbeit an der Steuer oblag´s Ming auch noch, die U6 zu organisieren, da sich sonst das Jugendamt regt.
Später mußte man zum Steuerberater.

In der Graf-Enno-Straße interpretierte ich zwei Gestalten ganz richtig als Gretel & Rosi.
Ich bewunk die Damen herzlich, und gesellte mich kurz zu ihnen hin, um zu erörtern, daß ich seit einigen Tagen wieder hier bin.
Die fleißige Rosi hatte den Bürgersteig gekehrt, und brachte gleich zwiefach die Bemerkung an, daß das Pröppilein für sie ein kleiner Buddha sei.

Daheim besuchte ich das Pröppilein, das man in die Badewanne gesetzt hatte.

Ming wohnte dem Duschzeremoniell bei, und wartete bang darauf, daß das Pröppilein den Duschkopf wohl gleich so hinhielte, daß das ganze Bad voll gespritzt würd´?

Zu später Stund langte auch die Kraft der jungen Leute nurmehr für ein Abhängen vor dem Bildschirm: VOX: goodbye germany.
„Interessant" murmelte ich, um denen das peinliche Gefühl, dabei erwischt zu werden, dererlei anzuschauen, etwas zu mildern.
Mehr noch: Ich setzte mich dazu, und schaute mit.
Wir lernten die blonde Lara kennen, die ein Drehbuch für Clint Eastwood geschrieben hatte. Den wettergegerbten Hollywood-Beau hatte sie einmal kennengelernt, und sich auf Anhieb fantastisch mit ihm verstanden. Jetzt tümmelte sie sich auf einer Promi-Party in Los Angeles, und versuchte „Konnekschns" zu knüpfen, indem sie sich mit einer dauergewellten Dame unterhielt.
Die Lara bemühte sich sehr darum, den Pfad des schmalen · Talks rasch zu verlassen, um auf Geschäftliches zu sprechen zu kommen, auch wenn das Drehbuch ja noch gar nicht fertig war… - und auf dieser Promi-Party glaubte ich auch Christoph Dostal zu erblicken, einen Schauspieler aus Frohsdorf, der von Rehlein einst im Walde kennengelernt wurde. ….und aus diesem schlichten Kennenlernen in der Natur, erwuchs völlig

überraschend eine tiefe Freundschaft des sympathischen Schauspielers mit den Eheleuten König.

Das besorgte Julchen hatte unzählige Impf-Webseiten aufgeschlagen.
Auch ich beschmökerte eine der Seiten und rief Ming hi und da etwas Gelesenes zu: „Diphterie hat es in Europa seit dem Jahre 2000 nicht mehr gegeben."
Daß man sich heute gegen lauter historische Krankheiten impfen lassen soll? Und muß man tatsächlich drum bangen, das Pröppilein könne an Polio erkranken und sterben? Und wie sieht es mit Lepra, Pest und Syphilis aus?

Mittwoch, 19. Februar

Vormittags Sprühregen, so daß es sich sicherlich gemütlich angefühlt hätte, in dieser Wetterlage das Hallenbad zu besuchen?
Hernach bräunlich herbe getönt, sehr brummig, bißl Regen

Im Obergeschoss wurde das Pröppilein munter und begann zu erzählen, dann wiederum heulte es laut und barmend.

Mir mit meiner Entkräftung fällt´s zunehmend schwer, mich zu einem noch so kurzen Gang aufzuraffen, und dem übermorgigen Früherhebnis zum Dentisten sehe ich mit einem unerhörten Graus entgegen.

In diesen Vorgraus hinein, hörte ich nun ein Glöckchen bimmeln: Das süße kleine Pröppilein zog den kleinen Holzdrachen hinter sich her.

Allmählich kennt das Pröppilein jeden Winkel im Hause auswendig. Frägt Ming: „Wo ist die Tante Kika?" so rennt das Pröppilein mit ausgefahrenem Zeigefinger zu jenem Plakate hin, worauf ich zu sehen bin, und dabei sitze ich doch gleichzeitig schlaftrunken im Bett und versuche, mich kindgerecht zu verhalten.

Im Haustürrahmen stand der Opa Willi mit dem Pröppilein im Arm.

Der Opa reichte mir nur einen vereinzelten Finger, da er ja das Pröppilein auf dem Arm hielt, - und eine empfindlichere und sensiblere Frau als ich es bin, hätte jetzt womöglich gedacht, ich wäre ihm nur einen Finger wert.

Telefonat mit Frau Wiese, der Sekretärin aus St. Blasien, einer gestreßten und verhärmten Dame.

„Der Name ist mir in Erinnerung", sagte sie zwar, doch sie machen z.Zt. keine Konzerte. Es war zu viel, und nun sei eine Übersättigung aufgetreten. Erst als das Ende des Telefonats zum Greifen in den Lüften lag, traf mich noch ein mattes Lächeln durch den Hörer, und ein Pfarrer aus Glatten, den ich anrief, hörte sich ebenfalls matt und lustlos an. Morgen gäbe es eine Vorstandssitzung, und da nähme er mein etwas hektisch vorgetragenes Ansinnen, ein Konzert auf meiner Violine zu geben, das im Grunde zu schön ist, um wahr zu sein, mal mit.
Nachtrag 2019: Nie wieder was gehört.

Gebannt schaute das Pröppilein, auf meinem Schoße sitzend „Papa Pinguin", und auf dem Bildschirm spiegelte es sich ganz ernst, und filterte mich als Sitzuntergrund vollkommen aus.
Hi und da spielte ich an den kleinen Ärmchen herum, und das Pröppilein bedeutete mir, oder besser gesagt meiner Hand hi und da, daß ich etwas mit der Maus bewegen möge.

Ich rief Rehlein an, auf daß das Pröppilein ein bißchen auf sie einbabbele, und Rehlein stellte sich auf leicht umständliche Weise vor:
Sie sei die Frau vom Opa Wolli, doch das Julchen meinte sinnig, für das Pröppilein sei es eventuell verständlicher, sie sage, sie sei die Mama vom Papa.

Ich geriet ein wenig in den Verdacht der Wenigesserei, denn in der schwarzen Pfanne befanden sich noch viele Kürbis- und Krauttrümmer.
„Da – iß!" sagte das Julchen über die Spaghetti, und Ming meinte, das sei mit Sicherheit besser als Schokolade. „…oder Liköre oder Weine!" fügte er tadelnd hinzu.

Zur Mittagsstund schienen die jungen Leute etwas ratlos, da das Baby vielleicht kränkele?

Im Ashram breitete sich eine lähmende Ratlosigkeit aus, die sogar mich bezüngelte, auch wenn ich mich „vornehm" zum Geigen retiriert hatte.
Es hieß das Baby habe einen Durchmarsch.
Jetzt sind´s vermutlich die Masern, dachte nun auch ich unfroh – eine Krankheit, die man hätte verhindern können, wenn man bloß nicht auf die dumme Tante Kika gehört hätte!
Später war das Pröppilein dann wieder gesund und hinzu ganz süß. Es ritt auf Mings Schultern über die Terrasse, und behinderte den Papa beim strategischen Nachgrübeln über unseren „Musikalischen Sommer".
Etwas, das es allerdings durch fröhliches Lachen wieder wett machte.
Das Julchen hatte sich aufs Ohr gelegt, und um die lange Durststrecke, bis man das Pröppilein irgendwann nicht mehr rund um die Uhr beaufsichtigen

muß zu überbrücken, erbot sich Ming, zusammen mit dem Pröppilein zum Opa zu gehen, um ihm seine Kamera zurückzubringen.

Ich kaufte leider ganz ziellos bei Combi ein, indem ich zunächst nur eine Knoblauchknolle in den Einkaufswaggon gelegt habe – und dann sah ich die Rübels!*
Ich war ziemlich aufgeregt, ignorierte das Ehepaar jedoch, wenn ich mich auch ganz wackelig vor Schreck fühlte, denn die Hannelore zumindest hätte doch wohl ein Recht darauf, begrüßt zu werden? Hatte sie uns nicht einmal so nett mit Schinkenhörnchen verwöhnt?
Ich hatte mir einfach keine Strategie für eine Rübelbegegnung festgelegt.
*Pastor Rübel: Ein sog. falscher Freund, der einen erbärmlichen Leserbrief zum Raub an unserem Festival verfasst hatte. „Du erbärmlicher Wurzelzwerg!" so möchte man ihn antitulieren.
Nach Art eines Serienmörders sehnt er sich nach Aufmerksamkeit.

Am Zeitungseck las ich mich fest:
Die 12-jährige hübsche Franziska aus Bayern wurde vom 26-jährigen Stefan B. ermordet und in einem Teich versenkt. Zuvor hatte die Franziska gesimst, daß sie von einem grünen Auto verfolgt würde. Die Polizei errichtete somit eine Kontrolle, und der dumme Stefan B. mit seinem wirklich lachhaften

kleinen Ziegenbärtchen gab Vollgas, um den Beamten zu entfliehen.

Er wurde geschnappt und in Gewahrsam genommen.

Auf seiner Facebook-Seite hatte er ein Bild von einem Messer in einer Herrenbrust gepostet. Daneben hatte er das Fotos seines Sohnes angebracht, und schrieb etwas an den Haaren herbeigezogen: „Mein Sohn. Mein Leben! Für ihn würde ich töten." Stefan B. hat zwei Kinder von zwei verschiedenen Frauen: Einen 6-jährigen Sohn und eine 9-Monate alte Tochter.

Bald gab´s ein kleines Abendbrot.

Das Julchen stellte klar, daß der Ziegenkäse seiner weichen Konsistenz wegen dem Baby vorbehalten sei.

„Sie ist keine gute Esserin!" sagte das Julchen bedrückt über das kleine Pröppilein.

Morgen um viertel nach zwölf geht man zur U6, doch dem Julchen paßt dies nicht so ganz, dieweil die Kleine um diese Uhrzeit doch für gewöhnlich ihren Mittagsschlummer hält.

Ich schichtete 45-minütige Übquader aufeinander, und dem Beätchen schickte ich heute das 6. Kapitel meines Romans. Dazu schrieb ich ein paar sehr warme & höfliche Zeilen, und doch ist´s eine kleine subtile Briefschlacht, die wir da führen.

Donnerstag, 20. Februar

Sehr grau. Üppig bewölkt,
und eine Tendenz zum Regen

Man bewegte sich auf die U6 für das Pröppilein zu, und die Frühstücksgespräche befand ich nicht nur als bannend, sondern als regelrecht beglückend.
Man war mit dem Julchen auf einen verbindenden Pfad gelangt, und sprach über Kinder und Erbmasse.
Ich durfte über das Beätchen psychologisieren, und schilderte Beätches hippelige Art.
Rehlein könne doch wohl auch nicht stillsitzen, bemerkte man, und das Julchen fürchtet direkt, das Pröppilein trüge womöglich das rothfußsche Hibbel-Gen in sich, denn *sie* sei früher ganz ruhig gewesen.
Tatsächlich aber scheint dem Pröppilein das sensible Einfühlungs-Gen zu fehlen?
Meist ist es von den Filmen so gebannt, und schert sich einen Teufel drum, daß es die ganze Zeit auf meinen Knien sitzt.
Der Gedanke, daß ich vielleicht lieber etwas anderes betreiben würde, als da nur herumzusitzen und als Sitzkissen herzuhalten, kommt dem Pröppilein überhaupt nicht.

Unser Heim hat sich in ein Spielzeugsparadies verwandelt, und die Frage wäre natürlich die, wie das Jugendamt im Falle eines Falles wohl auf diesen Anblick reagiert? („Es steht ja alles nur herum!")

Ich googelte interessiert, was man sich für die U6 wohl so alles hat einfallen lassen?
Greift das Kind nach Gebotenem?
Verwendet es den Pinzettengriff mit leicht gebogenem Zeigefinger?
Diese kleinen Banalitäten dienen jedoch lediglich der Ablenkung von den Impfungen, die offenbar im Zentrum dieses Besuchs stehen sollen, und vielen Eltern Grind bereiten.
„Grundimmunisierungen" nennt man die ganzen Säuglingsimpfungen aufmunternd und frisch, und daß dies keine Pflicht ist, und auch verheerende gesundheitliche Schädigungen nach sich ziehen könnte, wie beispielsweise Kinderdemenz, Schwachsinn, durch die Quecksilberzufuhr deutlich verlangsamte Gehirntätigkeit, schwere Persönlichkeitsveränderungen, aggressives Verhalten, ADHS und vieles mehr, hat man nur ganz klein und mit dem bedenkenhinwegwischenden schwammigen Zusatzvermerk „in extrem seltenen Fällen" versehen, dahingedruckt.
Das Pröppilein musterte sich im großen Flurspiegel und babbelte sich selber in einer gänzlich anderen

Sprache an als jener, in der es neulich mit der Oma kommuniziert hat.
„Es hat eine kleine Freundin gefunden, der es etwas erzählen will!" sagte ich zärtlich.

Ming war wieder sehr eingespannt.
Die Ministerin Bernicke hatte für 14 Uhr ein Telefonat in Aussicht gestellt, das sich für Ming aufregend wie ein erstes Liebesgesäusel-Telefonat angefühlt haben dürfte.
Für mich war der Tag, dem morgigen Zahnarzttermine geschuldet, ziemlich verdorben.

Ich knabberte einen interessanten Kriminalfall an: Den Mord an der 47-jährigen Sabine Bittner aus Wolfsburg. Begangen im November 2012 in einer gut bürgerlichen Wohngegend.
Herr Bittner leidet unglaublich darunter, zum engeren Kreis der Verdächtigen hinzugezählt zu werden, und mehrere „Freunde" haben sich bereits „pro forma" von ihm abgewandt. („Bis das geklärt ist, halte ich mich neutral!")
Der zutiefst getroffene Herr meldete sich in Stern-TV zu Wort.
Geheimnisvoll an dem Fall ist, daß sich die 47-jährige Sabine mehrere Taxifahrten genehmigte, sich jedoch nie vor ihrem Hause absetzen ließ.
Bei ihrer letzten Taxifahrt wirkte sie so verzweifelt.
Ich suchte und fand den XY-Film, der zu diesem

Fall gedreht worden war, und schaute ihn, gebannt wie das Pröppilein, an:

Herr Bittner – ein liebevoller Mann – war ja so was an großzügig! Der ältesten Tochter schenkte er zu ihrem 18. Geburtstag ein Auto. Doch Sabine Bittner machte ihrem Namen Ehre, indem sie dies stark verbittnerte.

„Dein Vater ist sehr großzügig!" sagte sie mit Unterton, und im Ehebett wenig später suchte sie auf verbitterte Art Zank.

Auch ihrer Schwester in Braunschweig gegenüber machte sie sich Luft.

„Wir haben Streit – schon wieder!" sagte sie verkniffen, und „laß uns über etwas anderes reden!" Dann pickte sie ein paar Alltagsprobleme hervor, und bauschte die unnötig auf, wie ich fand.

„…und der Haushalt! Es macht mich krank, wenn da alles herumliegt, und wieder an mir hängen bleibt!"

Ob sich das Julchen wohl darüber freut, daß man sich mit mir so toll über Kinder und Erbmasse unterhalten kann? Denn das hätte sie womöglich völlig anders erwartet? Vielleicht hätte sie erwartet, daß ich nach Art vom bösen Uschilein einfach unerträglich würde, wenn plötzlich ein kleines Kind mit im Hause lebe? Stattdessen aber scheine ich mit ganzem Herzen Tante zu sein, freute ich mich für das Julchen.

Mittags:
Ming mußte sich nun auf sein wichtiges Telefonat konzentrieren. Unfaßbar wäre es natürlich gewesen, ich hätte während des Telefonats auf Rehleinart ganz laut und intensiv wie in einer Opernarie singend gesagt: „Hier - stinkt´s – nach - Furrrrz!" Vibrierend vor leicht amüsiertem Grause, und hinzu so, daß man am anderen Ende der Leitung schon hätte taub sein müssen, um diesen Satz zu überhören.
Und auch das Pröppilein galt´s von dem Telefonierenden fernzuhalten.

Vom Julchen hatte ich erfahren, daß man eine Praxis am Fußgängerzonenbeginn aufgesucht habe, wo der Kinderarzt so spröööd gewesen sei. Man sollte doch meinen, man reiche einem Kleinkind einen kleinen Gegenstand, um den Pinzettengriff zu erproben, doch der Arzt begnügte sich damit, das Julchen in spröööödesten Worten danach zu fragen. Dann hat er lust- und lieblos das kleine Herzlein abgehorcht.
Eine enttäuschende und ernüchternde menschliche Erfahrung!
Das Julchen kochte uns eine leckere Pfanne mit Kürbis und Karotten, und denkt ihr wohl ich hätte es hinbekommen, die Lütte etwas abzulenken?
Die Kleine strebte immer nur zur Mama, um auch augenblicklich loszulärmen, wenn das Julchen sie

nicht sofort auf den Arm nahm, und dabei hatte das Julchen so viele lustige Spiel-Ideen: z.B. mit dem roten Plastikbottich zu spielen! Einen Kochlöffel rückte Mutti Julchen auch noch raus, auf daß die Kleine Topfschlagen üben könne. Etwas das man doch sicher bald auf Kindergeburtstagen brauchen kann?
Doch die meisten Ideen „bicken" beim Pröppilein nicht, da es ja seiner eigenen Wege geht.

Da Ming buzesgleich noch immer am Telefontropf hing, setzten wir Damen uns schon mal zum Essen nieder.
Ich erfuhr, daß man Ming & Julchen bei ihrem Vorsprechen im Ministerium nicht einmal etwas zu trinken angeboten hatte. Ming sollte somit in sein Dankesschreiben Folgendes mit hineinflechten: „...dann wollte ich mich auch noch für den Tee bedanken, denn Sie können sich ja denken, daß wir nach der langen Reise völlig ausgedörrt waren?!"
Nach dem Telefonat war der süße Ming jedoch vor Freude hitzig aufgeladen. Die Frau Bernecke sei so nett gewesen, und das Projekt wäre ausgezeichnet aufbereitet und sehr förderungswürdig. Ming freute sich unglaublich.
„Juuulchen!" rief er begeistert.

Abends: Müdigkeit war mir ins Gebein gekrochen, ich fühlte mich zu matt und saftlos, um in Buzens

kaltem und unordentlichen Zimmer nochmals den
Läptop hochzufahren.

Freitag 21. Februar

Zwischen heftigem Regen
und gewaschenen Himmelsoasen

Ich schlief sehr gut in einen Morgen hinein, vor dem
mir grauste:
Um halb neun ein Zahnarzttermin, wenn auch nur
zur Frontzahnpolitur? ← versehen mit einem
bangen Fragezeichen, denn man weiß ja, wie die
Zahnärzte so sind: Ungefragt kontrollieren sie
einfach alle anderen Zähne mit, und ich hasse dies!
Für mich fühlt es sich an, als würde man im
Supermarkt ein Stück Käse kaufen, und die
Kassendame legt ungefragt lauter Dinge dazu, die
man gar nicht kaufen möchte: z.B. ein Jägerjournal,
Zigaretten, eine fade Tiefkühlpizza, und dies würde
wie selbstverständlich auch noch abgerechnet.
„Da bekomme ich jetzt bitte 24 €uro 92!"
Doch ausgerechnet in diesen herbeigebangten
Morgen hinein schlief ich ausgesprochen gut und
träumte: *von einem kleinen Flachdach-Hotel, wo man*

Rehlein sagen konnte, sie dürfe sich ein Zimmer ihrer Wahl aussuchen.

Eigentlich handelte es sich eher um eine ganz leere, flache Jugendherberge mit einem völlig unbenützten hellen Sammelklo.

Sogar die Merkelsche war mal dort.

Sie wollte sich bloß die Hände waschen, doch böse Buben hatten sich einen Streich für die Kanzlerin ausgedacht: Beim Wasser andrehen wurde ihr wüst ein Schwall kaltes Wasser mitten ins Gesicht geschwappt, da man den Wasserhahn manipuliert hatte.

Und nun erzählte mir die Kanzlerin von Frau zu Frau ganz fassungslos von diesem, für sie ganz unschönen Erlebnis. Sie hatte sich doch bloß die Hände waschen wollen, und erntete dafür einfach eine Wasserwatschen!

Plötzlich ging mir das sehr nahe. Ich legte einen Arm um die Schulter der Kanzlerin und sagte, daß ich – sofern dies viele 1000 km entfernt geschehen wäre, wahrscheinlich lachen würde. Doch jetzt, wo's so nahe ist, mache ich mir direkt ein wenig Sorgen um sie.

Die Kanzlerin lächelte mich dankbar an, da ihr meine Anteilnahme gut tat.

Dann wiederum nagelte Rehlein mich darauf fest, daß ich bei meinem letzten Besuch im Winter unbedingt die Schieausrüstung habe mitnehmen müssen. Ich wurde ärgerlich über diesen Tadel, den ich nicht verdient zu haben glaubte, und bekam vor lauter Ärger den Ausdruck einer zähnefletschenden Bulldogge.

Doch beim Blick in den Garten sah ich, daß die im Winter in den Schnee gestellten Schier, jetzt, wo der Schnee drumherum geschmolzen war, tatsächlich im Grase staken!
Da erwachte ich, und ausgerechnet heut, wo ich Ming doch gebeten hatte, ein Auge draufzuhalten, daß ich auch zeitig aus dem Hause käm, blieb der Weckdienst aus.
Rehleins Gene berüttelten mich leicht, Ming diese Verfehlung lustvoll unter die Nase zu reiben.
Aber ich war ja ehrlich gesagt ein bißchen froh:
Nun hielt man diesen unschönen Termin erstmal am Wickel, so daß der Zeitpunkt, wo man ihn abstreifen und den Erinnerungsorkus hinabspülen könne, absehbar geworden war.

Auf der Fockenbollwerkstraße tauschte ich einen völlig unverbindlichen Gruß im Vorüberradeln mit einer bulligen Friesin aus, und kehrte hernach nochmals um, weil mich Zweifel beweht hatten, ob das Fenster in Buzens Zimmer wohl tatsächlich geschlossen war, und als ich nach dieser völlig überflüssigen Tätigkeit wieder umkehrte, da schien mir der Frontreifen meines Rades noch platter als zuvor.
Man müht sich „auf dem Zahnfleisch" um Pünktlichkeit, und als ich an der Bäckerei vorbeiradelte, schlug die Uhr bereits halb! Aber in der Praxis hat mir niemand einen Vorwurf gemacht, und

ich mußte auch bloß kurz im Wartezimmer verharren.

Ich griff nach dem „Focus", mit seinen fokussierlichen Themen, und kam schon dran, bevor ich das Journal überhaupt gescheit entfaltet hatte.

Im Behandlungsraum harrte ich der Dinge mit Blick auf den Macke-Kalender an der Wand.

„Die neue Lust" verhieß ein anderer Focus, der in einem Plastikbehältnis an der Wand für die Kurzwarter bereit stand.

Nun gab´s ein herzliches Wiedersehen mit Hausherrn Jörg.

Direkt nach der Begrüßung erzählte der Jörg einen kleinen Witz über Schaumburg-Lippe, den ich gar nicht verstand. „Hahaha!" machte ich trotzdem höflich, denn will man sich eine solche Blöße geben? Zumal dafür wohl etwas mehr politische Bildung vonnöten gewesen wäre?

Der Jörg kontrollierte meine Zähne und leider fand er unten eine kariöse Stelle, und die Zahnzwischenräume bluteten unter seinem Herumgestocher ziemlich stark. Das Loch könne auch die neue Zahnärztin „Frau Tosch" auffüllen, meinte er lose, da er die neue Zahnärztin doch wohl kaum fürs Nichtstun bezahlen möchte?

Geputzt wurden meine Zähne von der knapp 50-jährigen Frau Gildt, die ich als so überaus nett und ermunternd empfand, daß ich sie ins Herz schloss.

Die Zahnputzaktion hatte etwas unerhört Entspannendes.

Ich fand die Praxis so appetitlich, und auch wenn´s vielleicht nur eine „Schönheit auf Abruf" ist, so ließ sich mein Zahnbild hernach doch wirklich sehen! Mehr noch: Fast zu schön für das einwelkende Gesicht drum herum. Ich bedachte Frau Gildt mit herzlichen Komplimenten, und gab ihr zwiefach die Hand. Freud & Leid somit in der Zahnarztpraxis. (Worte wie von der Pfarrerin Frau Bregas.)

Am Montag um acht ein neuer Termin.

Dann entfernte ich mich in beginnenden Regen, um die Familie Baumfalk in der Graf-Ulrich Str. zu besuchen.

Das schwarze Hochglanzhündchen Mila schoß auf mich zu – tat mir allerdings nichts.

Nur die Tochter des Hauses, die 22-jährige Isabella saß am heimischen Frühstückstisch. Mit ihr tauschte ich, in der Terrassentüre stehend, ein paar unaufdringliche Herzlichkeiten aus.

Ich erfuhr, daß sie heute noch nach Hildesheim zöge – grad so, wie einst ihre Uromi, die Omi Hildesheim, die kennenzulernen *uns* ja noch vergönnt war.

Dann besuchte ich Vati Heiko nebenan in seinem Büro.

Der Heiko scheint meist in einem ungreifbaren Arbeitswust gefangen, bat mich hindess dennoch freundlich herein.

Ich begrüßte die beiden Bürodamen Sandra und Birgit, und fand die moderne Wohnung mit den sahneweißen Wänden so schön. Trotz des Regenwetters genoß ich die Aussicht aus dem Fenster auf die alte Windmühle, die im Regen traurig die Flügel hängen ließ.

Man habe sich ewig nicht gesehen, sagte der Heiko, und ich hätte mich verändert.

„Bin ich alt & häßlich geworden?"

Ich sähe jetzt aus wie meine Mutter, meinte er bedächtig, ohne auf meine Frage einzugehen, und die sei einst eine der schönsten Frauen in diesem Alter gewesen.

Später pumpte mir der Heiko noch so nett mein Radl auf, und schaute auf dem Smartphon nach, wie lange es wohl noch zu regnen gedächte? Es schien sich einregnen zu wollen.

Ich lenkte die Rede auf meine alte Freundin Frau Ohling, die am Ende der Straße wohnt.

„Bis jetzt ist noch kein Teegast lebend wieder herausgekommen!" bescherzte ich den Heiko, der mich davon in Kenntnis gesetzt hatte, daß so manch einer Angst vor Frau Ohling habe, und mit diesem Wissen behaftet fuhr ich durch den Sackgassenärmel „Graf-Ulrich-Str." zum finsteren, mörtelfarbenen Ohlingschen Hause hin.

Frau Ohling, eine große, massige Frau mit einem kleinen Kopf, der von einem Dutt geziert wurde, war daheim und bat mich ins Haus. Sie müsse allerdings gleich weg.

Das große Haus schaute innen dunkel und möbelverrumpelt aus.

Frau Ohling erging's nun wie Herrn Scherließ:

Im ersten Schreck möchte man den ungebetenen Gast so schnell als möglich abschütteln, und ohne unhöflich zu sein, wieder hinwegwimmeln, doch dann ist er im Haus, entfaltet eine unglaubliche Aura, die Intentionen drehen sich um 180 C°, und plötzlich möchte man doch lieber Tee trinken und plaudern ohne Ende, weiß aber nicht wie man das soeben angedeutete vage Vorhaben mit passenden Worten gescheit wieder hinwegwälzen soll?

Drum schlug ich einen Teebesuch am Montag morgen vor, und entfernte mich nach einem kurzen Saß am Tisch wieder in den mittlerweile strömenden Regen hinaus.

Lara Nicolei hatte meine Freundschaftsanfrage angenommen. Die süße vollbusige 13-jährige von einst hat a) den Colt gegen die Bibel, und die Bibel b) dann doch gegen ein Anglistikstudium ausgetauscht.

Das kleine, leicht an eine lebensfrohe Nonne erinnernde Fräulein, mit einem süßen Lächeln und einem spitzen bezwickerten Näschen, lebt in Göttingen.

Herr Gleich war zu Besuch gekommen, und saß mit Ming am Tische. Ich setzte mich dazu, und wartete eine Plabberluftblase ab.

„Die Herren sind in Teenot!" stellte ich fest, erntete ein kurzes Auflachen von Herrn Gleich, und ein Co-Auflachen Mings.

Was ich mir wohl davon versprach, einfach mit der Teetasse dort herumzusitzen?

Hi und da sagt man ja etwas, über das gelacht werden darf – z.B., daß die Gräfin in Schloß Gödens es nicht so gerne sieht, wenn tausende von Besuchern durch ihr Schlafzimmer latschen?

Das Pröppilein saß ganz brav auf Julchens Schoß und betrachtete ein Bild, in dem so reichhaltigen Buch, das sich der Frage annimmt, wo der Weihnachtsmann wohl herkomme? Über einen Riss in der Seite sagte es ganz entgeistert und süß: „Oh!"

Nach einer Weile sollte ich mich mit dem Pröppilein beschäftigen.

Sitzt das Pröppilein auf meinen Knien und schaut auf den Bildschirm, so gibt es wenigstens Ruh, doch den rechten Draht zu dem Kinde hab ich noch nicht gefunden, und ich glaube auch kaum, daß ich mal ihre „Mumel*" werde, wie Rehlein es sich so glühend für mich wünscht.

*So nannte einst ich das Beätchen, das meine Lieblingstante war.

Gemeinsam schauten Pröppi und ich „die Sendung mit der Maus" an, und hi und da lachte ich fröhlich: z.B. als der listige Hase seine langen Ohren unter einer Kochhaube verbarg, um seine Anonymität zu wahren.
Doch das Pröppilein ließ sich von meinem fröhlichen Lachen nicht anstecken, und schaute ganz ernst.
Dann ließ ich die Hits „Du Idiot", „Günther gesteh!" und „mit 66 Jahren" laufen, und wackelte zu den Klängen der Musik ein bißchen mit dem Pröppilein auf meinem Knie herum.
Manchmal wusch der Regen die Wolken einfach ab, so daß die Sonne hervorschimmerte.

Ich radelte zur Bibliothek, und als ich an den Fenstern der Landschaftsmitarbeiter vorbeiradelte, durch die ich gesehen zu werden hoffte, gab ich mir einen überfrohen Anstrich: Ich versuchte einen Ausdruck von hysterischer Seligkeit auf meinem Antlitz auszubreiten, erinnernd vielleicht an jenen von Ute M. auf Ihrem Hochzeitsbild – und dies bloß, damit Wibke und Dirk meinen sollen, mit unserem Musio liefe es einfach fantastisch.

In der Zeitung stand heute, daß der Filialleiter vom Pennymarkt in Essen ausfallend gegen eine türkische Mutti namens „Emine" wurde, und der kleine „Koan" habe alles mitbekommen.

Der Filialleiter barschte den im Einkaufswagen sitzenden Knirps einfach an: „Nimm deinen fetten Arsch da raus!" und die entgeisterte junge Mutti beschmähte er als „Scheißtürkin!"

Abends entdeckte ich einen Wisch von der Künstlersozialkasse: Ich sei mit den Zahlungen in Verzug, wurde mir da barsch, wenn auch nur elektronisch erstellt, vorgeworfen, und ich spürte den Schmerz des Schuldners so überdeutlich, daß ich an fast nichts anderes mehr denken konnte – und dabei handelte es sich doch nur um eine Kleinigkeit!

Auf meiner Violine mühte ich mich mit den früchtebröternen Romanzen von Clara Schumann ab, und als die „Schulstunde" um war, da war´s erst 19:55. Der Abend dehnte sich.
Ich las etwas über Huntsville, die „Hauptstadt des Todes", eine Art „Trossingen der Hinrichtungen", wenn man so will? Eine Kleinstadt, die sich ganz und gar einem bestimmten und eher entlegenen Thema verschrieben hat: Trossingen der Musik, und Huntsville dem Tod.

Zu später Stund tippte ich noch eine Mail an Onkel Dölein:
Ihm schrieb ich, daß mir das Briefeschreiben keineswegs Freude bereite. Mir sei es ebenso lästig

wie jedem normalen Menschen auch, doch es gehöre nun mal einfach zur Kultur!
Schon als Kleinkind war es mir eine Selbstverständlichkeit, jeden Tag mindestens 45 Minuten lang Briefe zu schreiben, und jeden Donnerstag wurde den Großeltern geschrieben. Jahrzehnte lang!
Und zwar dichterisch wertvoll, künstlerisch, humorig und ausufernd. Denn der Opa hasste nichts so sehr wie geistlose Dürrzeiler.
So, wie es *mir* heute geht.

Samstag, 22. Februar

Hi und da wunderschön beleuchtet, so als bewege man das stufenlose Lichtdimmungsrädchen an unserer Stehlampe.
Vorbeiziehendes Gewölk

Ausgezeichnet geschlafen habend erwachte ich durch Kindergezwitscher.
Gestern hat Rehlein mich am Telefon gefragt, ob das Pröppilein mich wohl bereits heiß & innig liebe? Doch ich hab das Gefühl, die Kleine hege eher neutrale Gefühle für ihre Tante Kika.
Jetzt aber, auf dem Arm von Mama Julchen, bewunk mich das kleine Buzzewackele. Es klappte sein

Händchen grüßend auf, und schenkte mir ein liebes, bettwarmes Lächeln, das eine unbestimmte, verbindende Belustigung über etwas unbestimmt verbindend Belustigendes verhieß.

Zum Frühstück aß ich nur die beiden leicht gealtert und geschnurrt aussehenden cellulitischen Orangen. Das Julchen erzählte, daß sie so gerne eine Designerausbildung machen würde: Die dauere drei Jahre lang, und hernach kann man alles selber designen, und das Julchen arbeitet doch so gern, und ist so gerne sinnvoll tätig.
Wie schon so oft wurde die Rede auf Beätchens Enkelin Miette gelenkt, deren Ähnlichkeit zu unserer verstorbenen Tante Uta von der väterlichen Seite geradezu frappant sei, obwohl doch keinerlei Blutsverwandtschaft besteht.
Geboren wurde die Miette im Juni 2004, und Ming war zum letzten Mal im November 2003 in Amerika zu Besuch.
„Ach, deswegen sieht die Miette aus wie die Uta!" rief ich auf eine Weise aus, als sei´s das Selbstverständlichste auf der Welt.
„Günther gesteh´!" sagte das Julchen, und Ming sah auf eine süße Art schuldbewusst aus.

Das Pröppilein spielt gern draußen auf der Terrasse, wo man einen schwarzen Badezuber aufgestellt hat, und nun betätigte sich die Kleine direkt wissen-

schaftlich: Mit den leeren Pflanzentöpfen schöpfte sie Wasser, und in dem kleinen Kindergesicht spiegelte sich Verwunderung, daß das Wasser in den durchlöcherten Behältnissen leider nicht drinnenblieb.
Wieder hatte ich eine Müh´, im Alltag Tritt zu fassen. Ich trank Tee, und litt aufs Lästigste an Migräne und leichter Teeübelkeit.
Um vor mir selber nicht gar zu überflüssig dazustehen, brüstete ich mich damit, der Familie gestern das Leben gerettet zu haben. Nur dadurch, daß ich zu später Stund das Haus verlassen hatte um ins Dolce Vita zu gehen, hatte ich nämlich bemerkt, daß der Schlüssel außen stak, und die bösen Landschaftsmitarbeiter Dirk & Lübbke trachten uns doch nach dem Leben!
„Selbst dafür sind die zu dumm!" sagte Ming bloß.

Hi und da drohte das Pröppilein von seinem Standort, der Terrasse aus, auf die Straße zu rennen, und so schnappte sich Ming die Kleine, um zur Omi zu gehen.
In den Nachrichten wurde erzählt, daß Julia Timochenko freigelassen wurde.
Ming war sehr freudig überrascht, während ich auf Aspergerart bloß vermerkte: „Eine Frau mit einer schier unglaublichen Frisur."

Bald darauf gab´s ein Mittagessen. Spaghetti mit kleingeschnittenem Pfannengemüse.
Wieder hörte man in den Nachrichten vom zwar blutigen, so doch glücklichen Ende der Zusammenstöße in der Ukraine.
„Das wäre wirklich um vieles stilvoller, wenn der Krieg mit der „Ostfriesischen Landschaft" auch blutig endet!" sagte ich gleich zwiefach.
Inzwischen interpretierte Thomas Z. im Radio ein Mozart Rondo. Doch statt uns in die göttlichen mozartschen Violinklänge zu schmiegen, psychologisierten wir das Julchen mit jenem Themenaspekt an, was der Z., der Jack Unterweger des Violinspiels, wohl für ein unheimlicher Mann sei: Würde er an einem regnerischen Abend mit seinem Auto neben dem Julchen anhalten, und sagen: „Dürfte ich Sie mitnehmen, junge Frau?" so müsse sich das Julchen eine Ausrede einfallen lassen.
„Der hat mal in Salzburg eine Prostituierte erwürgt!" schoss ich in meinem Mitteilungsdrang etwas über das Ziel hinaus.
„Ach tatsächlich??"

Buz in seinem Brief an die Midori hatte Ming als erstklassigen Begleiter angepriesen. Doch die Midori schien diese Passagen einfach überlesen zu haben. Ihr schien´s mit dieser Zeile Buzens in Etwa so ergangen zu sein, als würde im Bioladen eine alte

Omi sagen: „Der Enkel meines Nachbarn ist ja auch so musikalisch!"
Ein Satz, der von eiligen Erwachsenenohren oft schlicht überhört wird, und dabei verbirgt sich dahinter womöglich ein kleiner Mozart?
Man lenkt die Rede auf einen funkelnden Edelstein im Stroh, nach dem man sich lediglich bücken müsste – doch der Hinweis wird überhört oder ignoriert. Etwas das einen das Pröppilein lehrt: Augen und Ohren für scheinbar unbedeutende Details zu schärfen!

Kaum hatten wir zuende gegessen, da kam der Tone zu Besuch. Bald schon hatte er auf der Bank am Eßtisch Platz genommen, und beim Blick auf das große, so plakative schwarze Konzertplakat Mings vom 8. 2. 2009 sagte ich einfach: „Wenn nochmals so viel Zeit vergeht, dann ist der Tone bereits ein alter Mann!" Wir lachten viel.
Über das Pröppilein sagte der Tone, es erinnere ihn an eine Putte.
Wieder zeigte sich Julchens Neigung, sich von niemandem vom Pfade ihrer Pläne abbringen zu lassen. Um diese Zeit pflege man das Haus zu verlassen, und nun wolle sie mit dem Pröppilein bereits vorauslaufen. Na, wenn dies kein diskreter Hinweis für den Gast war, seinen Arsch hochzubekommen?!

Um 19 Uhr sollte im Hochzeitshaus der 50. Geburtstag meiner Freundin Maria groß gefeiert werden, so daß ich gerade eben mal mit dem Tagebuch zu Potte gekommen war, und schon hatte sich auch wieder der Abend über Aurich gesenkt. Aber auch hier bei uns in der Wohnstube stand etwas auf der Agenda: Eine Mitgliederversammlung der „Freunde des Musikalischen Sommers e.V.", und ich als Lebensgegerbte frug mich schon jetzt, ob sich über diese Zusammenkünfte dereinst, wie einst über jene mit Yossi und Eichert, später wohl sagen ließe: „Außer Spesen nichts gewesen!"?
Einst hatte der junge Buz große Pläne:
Er wollte ein erstklassiges Kammerorchester gründen, und damit die Welt bereisen.
Für diesen schönen Plan suchte er auch seinen Spezi Eichert zu begeistern, der sich auf das Bratschenspiel verstand. („Heißa, ein Anfang ist gemacht!"). Man versuchte den Plan zu konkretisieren, und kam sehr bald darauf, daß ein erstklassiges Kammerorchester doch wohl auch einen erstklassigen Schriftführer brauche?
Ganz abgesehen von einem verlässlichen Noten- und Kassenwart, und vielem mehr.
Für den in den Raum gestellten Schriftführerposten fühlte sich der Eichert berufen, und hierfür wünschte er sich einen goldenen Füller. Den goldenen Füller hat Buz ihm auch bald gekauft, doch dabei ist es dann geblieben.

Auch das Kleingeld in Mings schnurrendem Börsl beginnt leiser zu klingen, und ich riss einen kleinen Scherz in schwarzem Humore:
Kurz nachdem der allerletzte Cent ausgegeben war, mußte Ming seine Haftstrafe antreten.
Ich trat in die Nacht hinaus, und radelte alsbald meinem Vergnügungs-Event entgegen: 70 Gäste – schick herausgeputzt. Eine Nostalgiestimmung wie auf der Titanic, doch ich kannte nur die wenigsten. Im Eck jedoch musizierte eine kleine Combo, von der ich durch einen Riesenzufall jeden gekannt hab: Mings Leibarzt Albrecht mit seiner gleichmäßig wackelnd-vibrierenden Hand am Cello, Ulrike J. an der Bratsche, jahresgedörrt und mit der Ausstrahlung einer völlig undurchschaubaren Frau wie in einem Hichcock-Film. Frau St., etwas fülliger geworden, und an Frau Leonskaja erinnernd, mühte sich auf dem Pianola ab, und von dem untreuen Geiger Ulf D. der sich neu verliebt und seine Frau verlassen habe, sah man nur den breiten Burschenhinterkopf mit einer frischgemähten Frisur. Die Musiker schienen mit ihrem plätschrigen Werk zunächst wenig Gehör zu finden, da hier kein großes Classique-Interesse vorherrschte.

Die Jubilatorinenmutter, Omi Gabriele, fahl, fast weißhäutig, humorfrei - eine matte Variante unserer jüngst verstorbenen Nachbarin Frau Rautenberg, hatte man in der Ferne neben die Gegenschwiegermutti „Omi Jenny" gepflanzt, von der es ja heißt, man könne sich gar nicht mit ihr streiten, da Omi Jenny ein echter Sonnenschein sei. Jemand, der nur das Schöne im Leben sähe.

Diesen Worten zur Huld machte Omi Jenny auch eine gute Figur, wie ich fand. Sie erinnerte mich stark an die Gräfin-Dönhoff-Variante „Renate Schaarschuh in Altefähr", so daß ich mal ein Konversationsluftloch nutzte, um die Jubilatorin Maria, die zu meiner Rechten saß, hierüber in Kenntnis zu setzen. Mehr noch: Ich wagte zu behaupten, daß *Herr* Schaarschuh mit seinen alterstrüben Augen es wohl gar nicht bemerken würde, wenn nach dem obligaten Vormittagseinkauf plötzlich diese Dame, statt seiner Renate nach Hause käme.

Die Maria stak in einem sehr eng (zu eng?) anliegenden taucherausrüstungsartigen Kurzkleid aus dem Internet, und ich freute mich sehr, neben ihr sitzen zu dürfen.

Doch die Freude währte nur kurz, da die Herren um uns herum das gesellige Beieinandersitzen durch ihre billigen Witzeleien doch stark verwässerten.

Mir gegenüber saß ein Anwalt aus Berlin mit gelichtetem Bürstenschnitt, der einst sein Jagdgewehr nach der Maria benannte: Nämlich in „Maria", und bis zu diesem Zeitpunkt hatte ich noch gar nicht gewußt, daß man seine Knarre einfach nach einer Dame benennen darf.

Mir zur Linken saß ein lockerer Typ namens Lutz, der ausschaute wie Jürgen von der Lippe.
Man bewegte sich in Kreisen, die etwas zu hoch für mich schienen. Bestehend aus Leuten, die vielleicht normalerweise zeitlich etwas eingezwängt sind, dafür aber mit dem Gelde nur so um sich werfen können.

Mitten in die banalen Scherzeleien hinein bat die Maria um eine erhöhte Aufmerksamkeit für die Musikanten, die ein Mozart-Quartett einstudiert hätten.
„Alle vier Sätze??" frug ein beglatzter Wurzelzwerg in einer oberflächlichen Scheinbildung, so doch ganz entgeistert, und tatsächlich hörte sich das Klavierquartett, in einem laschen Arbeitstempo vorgetragen, leicht anstrengend an, so daß man dem Erhard (Marias Ehemann) einen später, kurz vor Mitternacht von sich gegebenen Satz wohl kaum verübeln kann?
„Jetzt ist's vorbei mit der Klassik. Ham wir auch genug von."
Nach der anstrengenden Darbietung jedoch freute man sich auf ein üppiges Dreigangmenü am Büffet: Zunächst Vorspeisen, dann herzhafte warme Gerichte. Doch so richtig fantastisch schmeckte eigentlich nur ein rosa Fleischstück, und der Rest konnte mit den Speisen Rehleins oder Herrn Jorbergs einfach nicht konkurrieren.

Der Hotelchef hatte ein wunderschönes Geschenk für das Geburtstagskind:
Die Maria bekam eine Übernachtung in der Hochzeitssuite im zweiten Stock einfach geschenkt.

Im Treppenhaus begegneten wir dem so seltsamen Bruder von der Maria. Einem fahrigen Typen in einem luftig weißen Hemd, das leicht ungebügelt und lose um ihn herumzuwehen schien, und einer äußerst fremd wirkenden schlanken Französin an seiner Seite, die ihm aber immerhin drei äußerst französisch aussehende Kinder geschenkt hat, und nun hieß es, die kleine Caroline habe einen Zahn verloren.
Da zeigte sich der seltsam unpersönlich wirkende Bruder plötzlich übertrieben väterlich – etwas, das jedoch überhaupt nicht zu ihm passte. Es wäre schrecklich wichtig schnell ein Geschenk aufzutreiben, machte er auf seine fahrige Weise Wind - um die Mär von der Zahnfee aufrecht zu erhalten.
Interessant, so fand ich, schaute die Schwester von der Maria aus: Eine Frau mit bebrilltem, einprägsamen schwäbischem Ackergaulgesicht, die unlängst von einem gewissen „Klaus" aufgeheiratet wurde, und oftmals wiehernd auflachte.

Es galt, die Zeit bis Mitternacht zu überbrücken, und so unterhielt ich mich noch ein bißchen mit

Marias einziger Tochter, der langbeinigen Juliana, die eine junge Dame geworden ist.
Am 20.12.2047 feiert auch sie ihren 50. Geburtstag.
„Da bin ich ja erst 85!" rief ich erfreut. „Da könnte ich ja noch mitfeiern!"
Um Mitternacht war ich die erste Gratulantin.

Sonntag, 23. Februar

Zwar windig und nordisch,
so jedoch glanzvoller Sonnenschein

Um Mitternacht sangen die Gäste den „Häppi Börsdäi" Song, und färbten sogar Marias Namen auf englisch ein. „Dear Märiä" (so sangense.)
Auch Omi Gabriele mühte sich zu ihrer Tochter hin, obwohl es sie Überwindung kostete, da ja die Wellenlänge schlecht ist, und sie mit Marias überbordend herzlicher Art nichts anzufangen weiß.
„Ohne mich wäre sie gar nicht auf der Welt!" sagte Omi Gabriele geistlos, und lächelte ein mattes 25 Watt Lächeln zu diesem faden Scherz.

Ich wurde von einer ganz lieben Dame im hormonellen Patt unter die schlackernden Konversationsfittiche genommen:

Mein Vater & ich hätten ihrer Tochter soo viel mit auf den Weg gegeben! jubilierte sie mich auf herzliche und leicht angesäuselte Weise an.

„Das war doch wohl sicher meine Mutter??!" gab ich mich überrascht.

„Nein. Sie!!!"

Es handelte sich bei der Dame um die Mutti der 17-jährigen Maike W., die in meinem Kopf seit Jahren als ewig 17-jährige gespeichert ist, obwohl sie doch mittlerweile wohl ganz sicher keine 17 mehr ist?

Ich hatte nach deren Schilderungen immer gemeint, ihre Eltern hätten den Humor bei der Aufzucht schlicht vergessen, – doch diese Frau hier, wenn auch vielleicht dem Sektglas in ihrer Hand geschuldet, war so überschwenglich nett.

Ich erfuhr allerlei über die für mich geheimnissvoll gebliebene Maike W., wenn auch all dies nur wenig zu dem Bildnis passen wollte, das ich bis zu diesem Moment mit mir herumgetragen hatte.

Hierzu schaute ich auf die warmherzige, reife Frau mit ihren Puddingsbrüsten drauf, tankte von ihrer mütterlichen Aura, und lauschte ihren Ausführungen über die Maike, der man mit ihrer Ausbildung bei Herrn König einen Schatz fürs Leben mitgegeben habe: Nämlich die Liebe zur Musik - und ihren Wohnort sucht sich die musikbegeisterte Maike stets unter jenem Aspekt aus, ob es dort wohl ein Stühlchen in einem Orchester für sie gäbe?

In Gästebuchsnähe stand der Bernhard mit einem Weinglas, und ihm widmete ich mich nun ein wenig, wurde jedoch aus all dem, was er so von sich gab, nicht recht schlau.
Seine dahingenuschelten Worte zerschellten einfach in meinem Inneren, und was übrig blieb war der Blick auf sein verlegenes Lachen, und Gedanken darüber, ob das wohl der gesuchte Frauenmörder aus dem Teufelsmoor sei? Gedanken, die sich allerdings ebensogut über jeden anderen Herrn dieser Abendgesellschaft denken ließen.
Hernach radelte ich durch dunkle Nacht nach Hause, und begab mich bald darauf zu Bett.

Zwei „Sterne", die das Julchen noch gar nicht gelesen hatte, waren abgängig und mußten gesucht werden. Ich fühlte den unschönen Verdacht, sie verkramt zu haben auf mir lasten, und dabei konnte ich mir dies Verschwinden überhaupt nicht erklären. Später ging mich das Julchen, wenn auch mit einem Lächeln im Gesicht, darüber an, daß ich viermal mit dem Türknauf gelärmt habe, so daß das Pröppilein erwacht, und das so wichtige Schlafflickerl bis zu reiferen Zeiten, somit drastisch abgekürzt wurde, und das, wo ich doch gestern noch so begeistert zur Maria gesagt habe, daß das Leben mit dem Julchen nun richtig schön sei.

Die jungen Leute nutzten den Sonnenschein um auszugehen, und auch ich joggte in jenem Wäldchen mit den schönen modrig aussehenden Bäumen, fühlte mich jedoch währenddessen so unglücklich, morgen schon wieder zum Zahnarzt zu müssen. Mein Lebensweg schien mir so abgeklemmt wie eine abgeklemmte Ader durch die nichts mehr hindurchfließt, und daran konnte auch das Picknick in der „Tante Olli" (einer Tankstelle am Wegesrand, in der ich mich hi und da vor dem wahren Leben verkrieche) leider wenig ändern.

Dort nahm ich das Tagesblatt zur Hand, und las über Julia Timoschenko, die mit einem schweren Bandscheibenvorfall belastet, ihre Tochter wieder in die Arme schließen durfte. Ihr Haupthaar war während der Haft ganz grau geworden, und das Gesicht wirkte rußig und vom Leid der Gefangenschaft gezeichnet, und nur der zu einer Frisurenplatte zusammengerollte charakteristisch geflochtene Zopf schimmerte siegverheißend, und im Mai, bei den Wahlen, möchte sie direkt aus dem Knast heraus wieder den Thron der Ukraine besteigen.

Etwas, was auch drei Weiteren vorschwebt: Beispielsweise dem bedeutenden Boxmeister Vitali Klitschko.

Ferner las man ein Interview mit der junggebliebenen Uschi Glas, die immer ganz ehrlich ist – so wie das Beätchen. Doch handelt es sich hierbei um eine Form der Ehrlichkeit, die den Leuten auf die Nerven fällt.

Ganz zum Schluß las ich noch ein Interview mit Thilo Sarrazin, und nachdem er doch eben erst erklärt hatte, daß er nichts gegen Schwule habe, hat man ganz deutlich gemerkt, daß der dumme BILD-Reporter nicht so gerne von seinem Kurs abdriftete, indem er nun – man möchte schon beinah sagen „dummdreist" frug:

„Möchten Sie die Schwulen gerne abschaffen?"

„Ihre Frage überrascht mich nun doch…"

Man las noch ein Interview mit dem Milliardär Dirk Roßmann, 67, und das, wo ich grad so enttäuscht war, daß mein Euro-Jackpot Einsatz schon wieder vergebens war.

Ich lebte ein wenig an den jungen Leuten vorbei, aber einmal gab ich dem Pröppilein, das immer so freundlich durch die Schiebetür auf mich als Geigende draufschaut, ein Gute-Nacht-Küsslein, und die warme zarte Pfirsichhaut, verbunden mit dem Duft eines ofenfrischen Kleinkindes, fühlte sich so schön an.

Und dennoch überfiel mich am Abend dieses stickige Gefühl der Enge.

Die jungen Leute schauten fern, ich übte, dichtete und sollte leise auftreten.

In meiner spärlichen Freizeit las ich in dem schlanken und biegsamen Buch über die „Hauptstadt des Todes": „Huntsville", das ich mir aus der Bibliothek entlehnt habe, und fand die Geschichten einfach entsetzlich:

Dort plärrt den ganzen Tag der Televisor, und die „Mahlzeiten", die sich aufgrund ihrer Abscheulichkeit nur in Anführungsstrichen als solche bezeichnen lassen, werden zu folgenden, für uns Europäer ganz und gar windschiefen Zeiten serviert: drei Uhr morgens Frühstück, zehn Uhr Mittagessen, und bereits um drei Uhr am Nachmittag rattern die Wägen mit dem scheußlichen „Abendessen" durch die Flure.

Ming & Julchen schufteten bis kurz vor Mitternacht, bis zur Schranke der Erschöpfung.

Montag, 24. Februar

Ziemlich schön sonnig

Ich erhob mich in einen Morgen hinein, den ich ganz rapide hinter mich zu bringen suchte. Jenen, wo das häßliche kleine kariöse Loch auf einem kleinen Zahn unten links geflickt würde.

Dann war mir noch eine ganze Stunde im Bettesbackofen beschieden, und diese Stunde schien mir so beglückend lang.

Schließlich erhob ich mich in einen sonnigen Morgen hinein.

Auf dem Weg zur Zahnarztpraxis freute ich mich an dem neuen kleinen Kiosk am Schwan mit der ausgehängten Bild-Zeitung, die den Volkszorn mit einer entrüsteten Schlagzeile über Präsident Janukovitsch und sein protziges Leben auf Kosten der bitterarmen Bevölkerung zu schüren suchte.

Es erinnerte mich so an die Zeiten mit Omi Ella, als die BILD-Zeitung hinzu noch deutlich interessanter war, und sich der Sensationsfreudige allmorgendlich solcherart auf die Überschrift vorfreuen durfte, als sei´s eine Überraschung im Adventskalender.

Sollte ich so alt werden wie Omi Ella, so lebe ich bis zum 16.8.2053, und das Pröppilein ist da erst 40 Jahre alt.

Am Beginn der schönsten Jahre stehend: Reif und jugendfrisch in einem.

Bald darauf kam ich in der Praxis an, und betrat das Wartezimmer.

In der „Gala" las ich, daß Julia Roberts ihre Halbschwester in den Selbstmord getrieben habe. Etwas, das die verbitterte Halbschwester vor ihrem Tode noch in die Welt hinaus getwittert hat.

Die böse Julia sei die komplizierteste Schauspielerin von ganz Hollywood: Sie sei rechthaberisch, keift und zankt – und auch hier mußte ich wieder bekümmert ans Beätchen denken.

Viel zu früh wurde ich ins Behandlungszimmer gelockt, und nun freute ich mich an Frau Gildt mit ihrem so herzlichen Lachen.
Doch die Freude schwebte nur lose über mir, und in Wirklichkeit saß ich wie paralysiert auf der Liege, und trug die selben schwarzen Beinkleider wie beim letzten Mal – strenggenommen aber trug ich die gleichen schwarzen Hosen wie immer.
Um zehn nach acht erschien Hausherr Jörg mit seinem Köfferchen, grüßte die Mitarbeiter unverbindlich freundlich im Vorübergehen, und nahm sich meiner kleinen Sorgen an.
All die Sorgen die ich gehabt hatte, zerstoben herrlich rasch. Kein Röntgenbild das unbequeme Wahrheiten zutage fördert, keine Spritze die mein Hirn verlangsamt.
„Grad als es begann unangenehm zu werden, da war´s auch schon vorbei!" sagte der Jörg auf die wissende Art eines erfahrenen Dentisten, der sogar ein kleines Monokel auf seine Brillengläser gespannt hatte, das seinem Berufsstand einen geheimnisvollen Anstrich gab.
Überglücklich setzte ich mich noch ins Wartezimmer, um die Skandale in der „Gala" zuendezulesen, als ganz unvermittelt Frau Wellhausen, eine recht gut erhaltene und gepflegte Ü65erin den Raum betrat.
„Dentale Probleme?" erkundigte sich Frau Wellhausen in höflichem Interesse.

Dies Thema vertiefte ich nicht weiter, und erzählte stattdessen aus meinem Leben – verfiel dabei in den bloser*schen Singsang und spielte somit auch ein bißchen Theater für jene fremde Dame, die außer uns noch im Raume saß.
*Mein Klavierlehrer, Herr Bloser, der so eigentümlich und doch einprägsam zu reden pflegte.
Ich erzählte, daß heut mein Papa käme, -
„Aus Wien?!" pflegen da die höflichen Erwachsenen fragend einzuflechten, da das Geographische bei den Ü60ern von erhöhtem Interesse scheint, und Frau Wellhausen bildete da keine Ausnahme.
Ja, und in unserem Heim würde es nun eng, so daß ich eigentlich wegziehen müsste. Bloß wisse ich nicht wohin?
Ich sei buchstäblich aus meinem einstigen Leben hinausgequetscht worden, und auch die Lücke, die ich vielleicht einmal hinterlassen haben mag, wurde allmählich zugerumpelt, und ich stehe somit auf der Straße.
Doch nun wartete ja erst einmal eine Einladung zum Tee auf mich, und die Sonne schien so schön.
Ich bestaunte einen schönen Birkenbaum mit seinen im Winde wehenden Tentakeln vor dem Fenster, und mitten in den Bestaunungsvorgang hinein wurde Frau Wellhausen aufgerufen.
„Jetzt kommt die eher dran als Sie!" sagte ich entrüstungstreibend zu der fremden Dame die da wie ein Vogel in seinem Neste, raumfordernd auf

dem Stuhle saß, und dachte schon, sie antworte mir nicht. Dann sagte sie aber doch etwas, und ich stellte fest, daß sie zu jenen Frauen zählt, die sich überhaupt nicht auszudrücken verstehen. Sie gab eine konturlose Wortbrühe von sich, die in meinem Kopfe augenblicklich versickerte, und ich frug mich: „Was wollte sie jetzt damit aussagen?"

Nach einer Weile schickte ich mich an, die Praxis zu verlassen, und verabschiedete mich von der langjährigen Rezeptionsdame mit einem Händedruck, während ich die neue Spröde an ihrer Seite einfach links liegen ließ, und in den schönen sonnigen Morgen hinaustrat.
Man hätte die Wahl gehabt, die gebogene Hauptstraße links, aber auch rechts entlang zu laufen, und ich entschied mich für die linke Seite, und besuchte meine betagte Freundin Frau Dorothea Ohling, die wie die Witwe Bolte ausschaut, in ihrem langen dunklen Heim.
Erstmals betrat ich nun auch die Küche, und an der Wand hängt, so wie in Mings verwaistem Ashram in Ofenbach, nurmehr Historisches:
Ein Kalender aus dem Jahre 2002 z.B.
In der Stube hatte Frau Ohling den Tisch auf feine Weise mit edelstem Geschirr gedeckt, das sich um eine gigantische Mandarinen-Philadelphia-Torte der Firma Coppenrath & Wiese gruppierte, und diese köstliche Torte mundete mir so was an exzellent!

Im Zimmer lagen Spielsachen herum, und neben dem Tisch steht ein klobiger kleiner Computer aus dem Jahre 1992 – von ihrem Enkel Tim dort abgestellt.

Der Tim rief die Omi in der Mittagspause an, als sie grad am Einschlafen war, und frug, ob er den leider nicht mehr zeitgemäßen Sperrmüll-Computer „vorerst" bei ihr abladen dürfe?

Dies tat er dann augenblicklich, und ist bislang nicht wiedergekehrt. „...und ich kann ihm ja nichts abschlagen!" sagte Omi Dorothea.

Zu dieser Erzählung assoziierte ich einen halbgaren Jüngling, doch der Tim ist ja erst 9 Jahre alt, und nun bestaunte ich die schöne Weihnachtskarte mit den Photos:

Ich fand, daß Frau Ohlings Tochter Meike, Mutter mehrerer blonder Kinder, so nett ausschaut.

An einer Stelle in der Küchentür ballten sich Staubflusen, die sich den alterstrüben Augen von Frau Ohling vermutlich entzogen, so daß es wirklich nett und anständig gewesen wäre, zum Staubsauger zu greifen, so wie Ming und Rehlein dies doch wohl zweifelsohne und wie selbstverständlich gemacht hätten?

Stattdessen aber ließ ich Buzens Erbmasse in mir tönen, saß da, trank Unmengen Tee, und über die Kluntjes vermerkte ich launig, sie hätten sich leider so sehr dezimiert, seitdem ich hier sitze, daß man auf

dem Heimweg getrost erneut in der Zahnarztpraxis vorsprechen könne.
Ich erzählte vom Bischoff Tebartz und dem Asperger-Syndrom – und von Herrn Marung, dem anderen Zahnarzt in der Praxis, der sich auf „Dental-Beauty" spezialisiert habe. (Sprach ich´s so aus, so erinnerte es direkt an einen Polt-Sketsch.)
Er pirct die Zähne von irgendwelchen albernen Gänsen, und arbeitet Diamanten oder auch billigen Flitter ein, so daß sich die Girls höhere Chancen bei den Herren ausrechnen.
Frau Ohling erzählte von den Gezeitenkonzerten: Nach der anfänglich überschäumenden Begeisterung, die die simplen Klassik-Schafe dieser, aus dem Boden gestampften, höchst befremdlichen Konzertreihe zunächst entgegengebracht hatten, tendieren die meisten Musikenthusiasten nun doch wieder zu uns, wo es einfach um so vieles schöner ist.
Ich verglich unseren „Musikalischen-Sommer" mit einem feinen Gourmet-Restaurant wo so köstlich gekocht wird, wie einst von Zwerg Nase, Herrn Jorberg oder Rehlein, während die Gezeiten allenfalls mit „Burger King" oder der Backstraße verglichen werden könnten.
Die eiligen, zumeist mit gänzlich übertriebenen Vorschusslorbeeren bedachten Interpreten aus aller Welt, heben in Ostfriesland symbolisch gesprochen kurz ein Bein, ziehen weiter, und würden die servilen

Landschaftsmitarbeiter schon zehn Minuten später auf der Straße nicht wiedererkennen.
Doch mit passenden Vergleichen dieser Art kann man so manch einem leider nicht beikommen: „Burger King" wird schließlich auf der ganzen Welt gegessen und geschätzt! Das kann so verkehrt nicht sein, – denkt man da in Friesenlogik.
Wir wechselten das Thema:
In der Musikschule gäbe es ein sog. „Instrumenten-Karussell", wo Kinder ein passendes Instrument für sich entdecken sollen, und der kleine Tim würde gerne Schlagzeug lernen.
Doch Omi Dorothea gefällt dieser Gedanke nicht. Lieber sähe sie es, wenn er sich zu einem feinen Instrument wie der Geige entschließen könnte.

Schließlich verabschiedete ich mich, und Frau Ohling stand noch an der Gartenpforte, um mir versonnen nachzublicken, so daß ich gar nicht gescheit geradeaus schauen konnte, da ich in dieser Hinsicht offenbar anders gestrickt bin als das Pröppilein.
Ständig werde ich vom Gefühl gemartert, daß der Abschied nicht herzlich genug war, und das Gefühl verläßt mich leider nicht mehr.

Ich lenkte meine Gedanken zum Pastor Rübel hin, und frug mich, wie ihm wohl zu begegnen sei? „Du erbärmlicher Wurzelzwerg!" sollte man schlicht und treffend sagen, wenn er einem zufälligerweise entgegenkommt.

Dort, wo einst das „Holzfällen" stand, - ein Steaklokal, das heut leider nur mehr eine Ruine ist, lief mir die Gretel in beige getönten Beinkleidern entgegen. Ich ließ ihr eine Umarmung angedeihen und frug interessiert nach ihrem Ziel auf diesem Pfade ihres Lebens.
Die Gretel strebte zum Dentisten „Dr. Hirthe", dorthin, wo auch ihrem neuen Lover, einem in die Jahre gekommenen Herrn namens Hartmut, unlängst drei Zähne behandelt wurden.
Die Gerüchte, die mir bereits zu Ohren gestiegen waren, schienen somit zu stimmen, und so konnte ich die Gretel auch gleich interessiert nach dem Stand der Dinge befragen.
Man habe sich im „Musikalischen Sommer" – „ach nein! Bei den Gezeiten war's – so glaube ich – kennengelernt!" korrigierte sich die Gretel ungeniert.

Jetzt hatte man das Problem mit dem Zahn zwar glücklich abhaken können, doch ich hab kein Geld und weiß nicht wohin mit mir, und beim Telefonat mit der Künstlersozialkasse mußte ich so lang auf einen freien Mitarbeiter warten.
Mit Musik wurden wir Wartenden bei Laune gehalten: Zunächst hörte man Wiener Walzer, dann

Vivaldis Winter, und schließlich die maskulin getönte Stimme einer Dame.

Ich hatte einen Brief übersehen, in welchem ich gebeten worden war, die Abhebeerlaubnis zu erteilen, und jetzt hatten sich bereits zwei Monatsrückstände angesammelt: mehr als 250€!

Das Pröppilein begann in Folge des Mittagessens ölig zu glänzen, doch Mutti Julchen freute sich so sehr, daß es dem Pröppilein zu schmecken schien. Auch Ming scheint immer an der Erwartungsrampe zu sitzen? Endlich mal eine Mail, die seinem Leben eine Wende gibt?

Doch als Ming mal das Zimmer verließ, wurde das Julchen bossig und beharrend: „Wir essen doch noch!" rief es ganz konsterniert, und nagelte Ming zankeslüstern darauf fest, daß er sein Töchterlein falsch erziehe! Man läuft nicht einfach weg, wenn noch gegessen wird.

Und dies sagt ausgerechnet das Julchen? Da lacht man doch.

Vergebens suchte man in Julchens Zügen nach verbindendem Schalk.

„Oder macht ihr das so in Ofenbach?" sagte es stattdessen zurechtweisend und wachrüttelnd. „Halloh??" ist es nicht immer das Julchen, das sich einfach von der Tafel entfernt?

Ich las wieder in dem deprimierenden Buch über Huntsville, wo man leider sehr deutlich sehen

konnte, wie die Amerikaner – neben ihrem „Love"
unter den Briefen – nämlich auch sein können.
Ein Anwalt interessiert sich keinen Deut für einen
vom Tode bedrohten Mohren, dessen Schwester ihn
immer verzweifelt abzufangen suchte. Doch der
arrogante Mann entwischte der armen Frau beständig.
Nur einmal rief er der verzagten Schwester zu, sie
möge dafür Sorge tragen, daß ihr Bruder in einem
vernümbfdjen Anzug vor Gericht erscheine.

Ich hatte eine kleine Mail an das Kasseler
Staatstheater geschickt:
Ein Zeitvertrag bis zum 20.7. sei ideal für mich,
bejubelte ich das Sekretariat, und auch das Julchen
würde es sehr begrüßen, wenn ich bald mal einen
Posten im Orchester bekleiden würde, zumal das
Julchen selber sehr gerne im Orchester spielen täte.
Da wartete ich gespannt auf eine Antwort, doch es
kam keine, und wenn ich diese Passagen in zehn
Jahren lese, dann lache ich vielleicht und schreibe
darunter: „Und auf diese Antwort warte ich bis
heute!"
Nachtrag 2019: Und genau so ist es gekommen!

Wieder hielt ich das Pröppilein auf dem Schoß und
führte den Hit „Günther gesteh'" vor.

Abends kochte Ming harte Eier.

Ich selber esse gern spät. Nämlich dann, wenn ich wirklich Feierabend machen darf.
Doch nun packte Ming Argumente aus, die gegen Gepflogenheiten dieser Art sprechen.
Also setzte ich mich brav an den Tisch, und wieder sprach man darüber, daß es für mich ideal wäre, im Orchester zu spielen.
Das Julchen täte dies soo gern!
Kann sein, daß ich ab Morgen vier Tage lang ausquartiert werden muß.
Wenn ich oben herumlaufe, so quietscht der Boden immer so, und das Pröppilein höre doch so gut, und würde somit nicht einschlafen.
Abends bat mich Ming gar, mit dem Bartok-Spiel inne zu halten, denn es töne zu nervös stimmend.

Dienstag, 25. Februar

Brummig & grau

Ich träumte, daß ich wegen der Enge im Hause mit dem Schröder im gleichen Bett schlafen mußte.
Seit vier Tagen stiegen wir nun Abend für Abend gemeinsam ins superweiche Urbett in Omis lang verwaistem Zimmer mit der scheußlichen Tapete, und benahmen uns dabei höflich und nachbarlich

distanziert. Doch es fühlte sich seltsam an. In größte Verlegenheit gehüllt lag man da nebeneinander… Dann war ich ganz plötzlich nach Art einer reifen Frucht in den Tag hineingepflückt worden, und vermisste die bergende Umhüllung der Nacht sehr, denn nun war Streß angesagt. Auch Ming hatte keine freie Minute mehr. Das Pröppilein babbelte.

Wie kleine Cent-Stücke klappern vereinzelte Sekündchen in Mings ausaperndem Zeitbörsl, und die wenigen verbliebenen nutzte der fleißige Ming um die Grieg-Sonate zu üben, in welche sich zuweilen dissonante Klänge von Pröppihand hineingemixt haben, während ich in der Nachfolge Oma Mobblns und Rehleins mühevollsten Gedankenballast wälzte.
Heut war mein Umzug angesagt. Das Bett wollte frisch bezogen werden, und all die mühevollen Gedanken lähmten und erstickten meine große Vorfreude auf Buzen.
Das bißchen Restenergie wollte mobbilisiert werden, um mich überhaupt ersteinmal auf die Füße zu stellen, und in die Puschen zu gelangen.
Und alsbald zeigte sich auch bereits Ming mit dem Pröppilein.
„Sag: Steh auf!" sagte Ming multipel, damit das Pröppilein begreift, was das bedeutet.

„Steh auf!" intensivierte Ming nun seine Worte und davon erhob ich mich rasch, und bald darauf frühstückten wir.

Das Pröppilein wird immer ganz wach und lebhaft, wenn es die Omi Birgit anrufen darf, und busselte sogar das Telefon. Bloß einmal hatte sie fehlgedrückt, und das Strapsbändl zur Omi war somit rasend schnell und uneinfangbar in die Schillerstraße zurückgeschnurrt.

Doch Papa Ming brachte es wieder in Ordnung, und das süße Pröppilein gab dem Telefon noch ein weiteres Küsschen.

Sehnsuchtsvoll sprach das Julchen davon, wie schön es jetzt wäre, zu Urlaubszwecken in der Türkei zu sitzen, und sich bei einem höflichen und gutaussehenden Kellner einen türkischen Mokka zu ordern. Stattdessen aber muß man sich mit Sorgen wie diesen herumplagen: Dem seltsamen bohrenden Vorgefühl, die Midori könne in letzter Sekunde absagen, denn in diesem Falle hätte man zwei gähnende Leerkonzerte zu Beginn des 30. Jubiläums. In diesem Falle bitten wir die Han-Lin als Midori aufzutreten, sagte ich leichthin, da die Asiatinnen für die ungeübten Augen der meisten Friesen praktisch alle gleich ausschauen.

Ming ging´s nicht so besonders: Er litt unter Beklemmungen, und ähnlich erging´s nun auch mir,

nachdem man dem bergenden Wännchen des Frühstücksbehagens entstiegen war.
Die hessische Orchesterwartin „Frau Joseph", von der ich mir doch so viel erhofft hatte, hatte sich auf versnobte Weise jedoch typischerweise nicht gemeldet.

Ratlos nahm ich vor dem Computer Platz und wußte nicht wohin mit mir und meinen diffusen Plänen, und das Telefonat das Ming in meiner Horchweite führte, klang auch alles andere als aufbauend.
„...nur die Finanzierung steht noch nicht!" hörte man Ming sagen.
Später merkte ich, daß es Buz war, der am anderen Ende der Leitung von Ming anreferiert wurde, und für den Moment schaut es so aus, als wollten alle wichtigen Treffen, die man doch im Visier hatte, einfach zerbröseln?

Mittags kochte das Julchen, während ich das Baby sittete, und Ming sieht es vielleicht nicht gar so gern, wenn das Pröppilein dauernd mit dem „Papa Pinguin" ruhig gestellt wird?
Etwas pädagogisch Wertvolles, sprich, ein Spiel, das das Band zwischen Nichte und Tante festigen würde, sähe er lieber.
Rehlein hatte geschrieben, daß sie kränkele - der Rücken - und mich stimmte dies sehr unfroh.

Es wurde ein Reisgericht serviert.

Das Pröppilein heult oft laut los, wenn man es in seinen Kindersitz hineinschrauben möchte.

Doch Ming möchte verhindern, daß das Pröppilein womöglich die Erfahrung macht, alles verändere sich zu ihren Gunsten, wenn sie die Mundwinkel herabzieht und loslärmt? Ming möchte schließlich keine Heulsuse als Tochter.

Leider wurde die Mahlzeit schon sehr bald von einem Telefonat durchlöchert.

Die Eventualitäten, die sich aus diesem Aufbimmeln erwachsen könnten, legten sich wie eine giftgelbe Bleiwolke unschön über den Mittagstisch, denn wie bröselig ist doch das Spinnweben des Glücks?!

Es handelte sich beim Telefonator jedoch lediglich um den Rüdi – den Vorsitzenden der „Freunde des Musikalischen Sommers e.V."

Mich beschlich eine scheinbar entlegene Idee:

Daß nämlich die Midori gar nicht die Midori sei. Das echte Wunderkind „Midori" zerfiel einfach zu Staub… Sie soll das Violinspiel aufgegeben, und später Selbstmord verübt haben, doch Genaueres weiß niemand. Man weiß nur, daß man auf das sprudelnde Goldquell „Midori" nicht verzichten wollte, und so machte man einfach ein geheimes Casting in den Musikhochschulen unter den besseren asiatischen Geigerinnen, und frug schließlich eine sehr gute Geigerin aus dem Moloch

Los Angeles, ob sie wohl gewillt sei, das Leben von der Midori weiterzuführen?
Bißchen blöd ist lediglich, daß diese Geigerin mittlerweile über 60 ist, und wie soll man das vor der Welt rechtfertigen, daß die erst Anfang 40 sein soll?
Direkt vor dem Hause traf man die Gretel in ihren quittegelben Hosen, die nun das Pröppilein kindgerecht für ihre Fahrradklingel zu begeistern suchte.
Extra für ihren Hartmut hat die Gretel auf ihre alte Brille zurückgegriffen, dieweil sie sich erinnerte, daß man ihr einst ein Kompliment gemacht hat:
„Du siehst gut aus mit dieser Brille, Gretel!"
„Aha, die Brille macht´s!" habe sie daraufhin gesagt, scherzte die Gretel, und wir lachten mehrstimmig und leicht blökend.
Die Gretel befand sich auf dem Wege, ihren verwitweten Schwager Otto zu besuchen, um ihn aufzumuntern.

Wieder las ich die traurigen Geschichten aus Huntsville: Von einer jungen Dame mit Namen Darlie R. war die Rede: Einer sog. Schicki-Micki-Maus mit Jaguar, deren Söhne, 5 und 6 Jahre alt, ermordet wurden.
Wenige Tage nach dem Mord feierte die Darlie den 7. Geburtstag des einen ermordeten Sohnes mit einem strahlenden Lächeln und viel Pomp auf dem Friedhof, und durch dies verwunderliche Treiben

geriet sie rasch in Verdacht, und sitzt mittlerweile in der Todeszelle, wo sie gar nicht hinzupassen scheint.

Am Abend wurde das Pröppilein gebadet, und hernach gab´s eine Riesenaufregung:
Das Pröppilein war auf den Hinterkopf gestürzt, und dem Julchen wurde vor Schreck ganz flau. Verzweiflung, die sich gar nicht mehr abschütteln ließ, machte sich breit, auch wenn´s so aussah, als sei dem robusten Pröppilein gar nichts passiert.
Hört man nicht immer wieder von Hirnschädigungen, deren Ausmaße erst nach vielen Jahren oder gar Jahrzehnten zutage treten? Aber man kann ja nicht eben mal auf die Schnelle viele Jahre abwarten, und so ist man ab sofort in eine Zukunft in banger Ungewissheit hineingeklemmt.

Nach einer Weile aßen wir still zu Abend, und das Julchen meinte, sie habe das Gefühl, sie würde krank, so wie nach dem Schock auf Spiekeroog, und somit schilderte man mir den Schock von Spiekeroog:
Durch eine ungeschickte Schiebbewegung Mings fiel das kostbare süße Baby aus dem Kinderwagen, und zwei Stunden später bekam das Julchen eine Brustentzündung, die wohl eindeutig seelisch bedingt war.

Abends telefonierte Ming mit Rehlein, und klang dabei eher bruddelig, so daß ich in Lauschnähe mich angespannt und unfroh fühlte.
Buz solle seine Geige verkaufen, hieß es.

Später telefonierte auch ich mit Rehlein.
Rehlein war eigentlich ganz süß, doch der Hexenschuss war noch immer nicht ganz abgeklungen. Ausgerechnet jetzt, wo man Rehlein für vier sturmfreie Tage doch regelrecht beneiden könnte, während es bei uns leider eng wird.

Zu später Stund planten Ming und ich eine Nachtfahrt nach Oldenburg, wo wir Spätheimkömmling Buz abzuholen gedachten.
Ich übte bis um 23 Uhr, um sodann die Violine sinken zu lassen. Der Abend breitete sich aus, und mit ihm eine Bettgangsdrögnis, die leider nicht gelebt werden durfte.
Die jungen Leute schauten den „Fall Christian Wulff" in SAT1, der für die Wulffs sicherlich ärgerlich ist, zumal die Bettina einfach von „Anja Kling" gespielt wurde, einer Schauspielerin aus der Schwarzwaldklinik, die sie womöglich nicht ausstehen kann(?). Grad so als drehe das ZDF einen Zweiteiler über den Festivalskandal in Ostfriesland, und Buz würde von Fritz Wepper gespielt. (Einem Schauspieler, den Rehlein von ganzem Herzen nicht leiden kann.)

Gegen 23:30 machten wir Geschwister uns auf den Weg. Ming verabschiedete sich so besonders herzlich mit einer tiefempfundenen Umarmung vom Julchen, und ich wunk auch sehr freundlich, und dachte mir währenddessen aus, was das 84-jährige Julchen im Jahre 2067 vielleicht sagt oder denkt: „Der letzte Anblick, der mir von der Tante Kika erinnerlich ist: Wie sie mir ganz verschmitzt zuwunk, und dann in die Nacht hinaustrat. Ich habe sie nie wiedergesehen."
Oldenburg zu nächtlicher Stunde:
Der Bahnhof war ganz leer.
Man hüpfte sehnsuchtsvoll wartend auf dem Bahnsteig herum, und dann hat sich der Zug auch noch um 12 Minuten verspätet.
Wir stellten uns vor, wie Buz zu solch später Stund vielleicht eingeschlafen ist, und nun nach Oostende weiterfährt? Ganz früh am Morgen erwacht er wie gerädert von der ungemütlichen langen Nachtfahrt in Oostende.
Doch Buz stand inmitten eines Pulks an Zu-Landstrebenden: Lauter jungen Leuten, die gar nicht mehr zu ihm zu passen schienen?
Herzlich umarmten wir unseren Süßen, und fuhren nach Hause.
Im Auto erzählte Ming Buzen plastisch von Pröppileins U6, und wie man sich entschlossen habe, das Baby nicht impfen zu lassen.

Über die Förderei in Niedersachsen fand Ming bitterste Worte:
Mit den dööfsten Begründungen die man sich überhaupt nur vorstellen könne, sei man abgekanzelt worden: Es gäbe so viele Bewerbungen, und so fördere man bloß einen Sörfer.
Um 1:44 Uhr sank ich zu Bett.

Mittwoch, 26. Februar

Angenehm aufgemildert

Im Traum waren Rehlein & Buz hier bei uns in Aurich zu Gast. Rehlein war eine bildschöne, nackte junge Frau – an eine Skulptur im Museum von Oslo erinnernd. Allerdings schwarz-weiß, da es sich traumesunlogischerweise um eine Photographie in einem Frauen-Journal handelte.
Nackt unter der Dusche mit verpflasterten Brüsten nach einer kostspieligen Schönheits-OP.
Ich schlief ganz lange unbehelligt und von der Welt vergessen. Als ich dann aber mal nach meiner Uhr langte, nach der ich vor Faulheit und Bettschwere gar ein Kabel auswerfen mußte, um sie herbeizuangeln, schaltete es just in diesem Moment, als mein Blick auf das Ziffernblatt fiel, auf 10 Uhr, so daß ich mich ganz erschrocken in einem Schwapp

erhob. Unten war´s ziemlich still, da man ja mittwochsgemäß zum Babyschwimmen aufgebrochen war.

Doch ob die den Opa Buz mitgenommen haben? Wohl kaum.

Unverzüglich begann ich mich des Geschirrbergs in der Küche anzunehmen, der sich im Laufe der Zeit gebildet, und in die Höhe getürmt hat.

Nach einer Weile tauchte Telefonator Buz auf.

Buz hatte bereits Brötchen bei Bio-Baier beschafft, doch bzgl. der Frühstücksgepflogenheiten in Ostfriesland war Buz wiederum ganz ratlos, und vertraute nun auf mein Knoff-Hoff.

Daß man ihn herbeordert, und dann zum Babyschwimmen aufgebrochen sei? wunderte sich Buz in mir, während Buzen selber konsternierte Überlegungen dieser Art eher fremd sein dürften.

Buz, der nur selten weiterzudenken pflegt als seine Nase lang ist, freute sich erstmal aufs Frühstück. Zuvor griff er allerdings noch kurz nach meiner Geige, und empfand den Bogen als krumm und schief.

Ferner wunderte sich Buz nicht zu unrecht darüber, daß sich meine Bögen immer anfühlen, als seien sie mit Butter eingefettet worden. Ein normaler Mensch bringt damit keinen Ton zustande.

Wir setzten uns nieder, doch die Unterhaltungen zwischen uns sind eher mühsam, so daß ich mir einen alten „Stern" als Frühstückslektüre bereitlegte, und immer froh war, wenn Buz vom Telefon hinweggesogen wurde.

Buz meldete sich immer so frisch und freundlich, da er in jedes einzelne Telefonat eine so große Hoffnung hineinzulegen pflegt.

Ein Telefonat war jedoch für mich gedacht:

Frau Münch, meine brave Sekretärin, rief an.

Stolz berichtete Frau Münch von ihrem neuen Pudel „Enzo", einem unbekümmerten, fröhlichen Hund, der nachweislich noch nie etwas Schlimmes erlebt hat, so daß man sich jetzt auf ein schönes Leben zu zweit freuen darf – Dauer etwa 12 Jahre.

Buzen war es ein Herzensbedürfnis, herauszufinden, ob Friedemanns steinalte Tante Gesa wohl noch lebe, und tatsächlich ließ sich ihre Hamburger Telefonnummer aus den Tiefen des Internets hervorfischen. Buz rief gleich dort an, um sein Beileid zum Tode ihres Neffen zu bekunden, doch es hieß, der Teilnehmer sei „vorübergehend" nicht zu erreichen.

Der Friedemann, so Buz, sei mit der Fehlmeinung, einen „Musikalischen Sommer" gäbe es nicht mehr, ins Grab gestiegen, und dies wurmt einen nun doch.

Wieder beugte ich mich über meine Lektüre im „Stern". Dort las und sah man so allerlei: z.B. den Präsidenten von Kuba, der sich seine Frisur scheren ließ. Dies sah man durch die Glasscheibe eines

Frisiersalons, und der Präsident war augenblicklich von Reportern und Fotografen umlagert, so daß er unter der Schur einer geübten Frisösenhand die Ausstrahlung eines mürrischen alten Gorillas annahm.

Buz war guter Dinge:
Auch Herr Kettwig(?) feiert heuer sein 30. Jubiläum, und der süße Buz sah bereits Grandioses vor sich: David Garrett beispielsweise, schmelzende Frauenherzen, und rasende Finanzspritzen von links und rechts. Doch dieser Frohsinn wurde später vom lebensgegerbten Ming nicht so recht geteilt.

Ich übte Mozarts e-moll Sonate, während man im Ashram schwere und lastende Gespräche führte. Einmal schwirrte Buz „kurz" aus, blieb jedoch als Pädagoge an mir kleben.
Zunächst dirigierte er durch das Glas der Schiebetüre, und dann betrat er den Raum, um über eine Verzierung bzw. Notengirlande zu referieren.
Dann machte Buz noch vor, wie die Wiener leider meist ganz stumpfsinnig Mozart interpretieren, und dann zeigte er mir eine feine Bewegung der linken Hand, die bewirken solle, daß sich die Finger auf´s eleganteste Weise spreizen.
Doch schon wurde Buz wieder ins Ashram hinfort kommandiert.

Ich übte eineinhalb Stunden lang, doch zwischendrin wurde ich beständig von Zweifeln am System geplagt.

Mittags begegnete Buz seiner kleinen Enkelin auf den Armen von Papa Ming.
Das Pröppilein lachte Buz verlegen an, und drehte den Kopf verschämt wieder hinweg, und nun trat der umgekehrte Gästeschichtseffekt ein, indem nämlich *ich* zu einer vertrauten Person wurde.
Bei den älteren Semestern ist´s ja meist so:
Trifft eine neue Gästeschicht ein, so verwandeln sich die alten Gäste in vertraute Möbelstücke, über die man nicht mehr groß nachdenkt.
Das Pröppilein griff sich einfach einen meiner zitzenartig herabbaumelnden Finger, und entführte mich ins Büro.
Diesmal führte ich ihr den Hit „Ooooh, hätt ich meiner Tochter doch geglaubt!" vor, da es mir so gefällt, wenn das Pröppilein „oooooh" sagt.
Man sah einen jungen koreanischen Sänger, der zu diesem Hit sehr viel herumhampelte, um noch reuevoller zu scheinen.

Das Mittagessen fiel aus, und nur das Pröppilein bekam etwas zu naschen, und dann sattelten die jungen Leute auch schon zu ihrem täglichen Freiluftgang.

Ich rührte Buzen liebevoll ein Müsli zurecht, und stellte es auf das Glastischchen im Ashram.
Da kehrte Ming allerdings nochmals zurück, und riet streng davon ab, es dort zu essen, da der lebensgegerbte Ming auf Rehleinart bereits zu erahnen glaubte, wie es hernach überall bappt und klebt. Ming hatte sich soeben dazu aufgerafft, den „Lankreis Aurich" zu stürmen, und um eine Spende zu bitten, und Buz wiederum sollte ab 14 Uhr bei den örtlichen Kommunen anrufen.
Ich selber stahl mich, ohne mich abzumelden oder um Genehmigung zu bitten aus dem Hause, um in milder Wetterlage mit frisch aufgeplusterten Wolken zu joggen.
Im kleinen Wäldchen sah ich so allerlei:
Mal jemanden mit Kinderwagen, dann wiederum eine einsame Gestalt, von welcher sich aus der Ferne nicht mit Sicherheit sagen ließ, ob es sich um eine harmlose Seniorin oder einen Frauenmörder handelte?
Hi und da lagen Weinflaschen herum, und kurz vor meiner Ausfädelung aus dem Wäldchen, 9 Minuten vor Trimm-Ende, begegnete mir eine Ackergaulseniorin, die mich übergangslos frug, ob man auf diesem Wege wohl zum Altersheim gelange?
(Ich sage einfach „Ackergaulseniorin", da es sich um einen Typus jener Art handelte, der ein Leben lang nur auf dem Felde gearbeitet hat.)

Auskunftswillig glaubte und hoffte ich es, und diese Seniorin, trotz des Lächelns das sie mir angedeihen ließ, blieb mir holsteinisch fremd.
Und befinden wir uns nicht alle auf dem Weg ins Altersheim?
Theoretisch müßte man nur irgend jemandem hinterher laufen.

Auf dem Heimweg begrüßte ich alle möglichen Leute, doch ich schien unsichtbar geworden zu sein, denn niemand grüßte mich zurück, und somit fühlte ich mich an wie eine einsame Gestalt in einer japanischen Groteske. Wie ein Jemand, den es gar nicht gibt, und der sich sich selber nur ausgedacht hat.
Später setzte ich mich auf eine Bank, las mein Buch über Huntsville weiter, und entdeckte dabei einige Parallelen zum Ministerium:
Früher war George W. Busch eine Weile lang Guvernör oder Guvernator von Texas, und durfte sich dort als Schirmherr über Leben und Tod aufspielen. Doch er gewährte niemandem Gnade, und auf den acht Seiten langen, reuevoll zcrknirschten Brief einer Dame mit Namen Karla Faye Tucker, gewährte er auch den 30-tägigen Aufschub nicht – versprach allerdings, für die Karla zu beten, denn es hieß, sie habe zu JESUS gefunden.

Auf dem Heimweg spielte ich Mittwochslotto im Combi, und wartete bei jeder einzelnen Zahl auf die Inspiration.

Unverschämt find ich, daß die Orchesterwartin aus Kassel mir nicht auf meinen Brief geantwortet hat.

Abends war´s bei uns leicht stressig, weil wir so viele sind. D.h., der Opa Buz schien aushäusig, doch seine Lücke war ja da, und sog die Aura im Hause auf. „Ihn schien hier nichts mehr zu halten - ein, zwei Frauen vielleicht," benützte ich Worte von Paul Gauguin für Buz.

Später am Abend:
Buz übte auf meiner Violine, und ich saß in seinem Zimmer auf meinem Erziehungshügel und dichtete. Nach einer Weile übte ich dann selber emsig vor mich hin, und mein Violinspiel scheint den süßen Buz herbeizulocken wie das Licht die Motten, denn kaum spielte ich los, da kam er emsig her, und brachte mir etwas bei:
Wie man die Finger in eine Spreizhaltung bringt, auf daß sie noch treffsicherer in die richtige Position gebracht würden.
Buz leuchtete vor Freude über seine Erkenntnisse, und auch vor Eifer, sie weiterzugeben.

Auch heute machte ich gegen 23:02 Feierabend.

Das Beätchen hatte in dürren Worten auf Kapitel 7 gepocht. Doch leider werden die Geschichten, die sie nun zu lesen bekommt, allmählich unerfreulich: Ganz verloren inmitten Ü70ern, zu denen sich kein gescheiter Draht mehr herstellen läßt, sitze ich in diesen Kapiteln in Amerika.
Ich schickte das 7. Kapitel ab, und wie das Beätchen darauf reagiert, ist völlig offen.

Donnerstag, 27. Februar

Zunächst schön, wenn auch nordisch.
Am Nachmittag Regen

Der Tag hatte sich auch für mich entrollt, und wie allmorgendlich stieg ich in meine Kleidungsstücke, um mich wenig später als „Kirschneroth der Frühstückskultur" aufzuspielen, indem ich mich ins gemachte Nest, sprich, an den gedeckten Frühstückstisch zu setzen plante.
Der umtriebige Ming war lediglich als Aurawoge zu spüren, und das Julchen, das so nett geworden ist, erwiderte meinen Guten-Morgen-Gruß freundlich, während Buz einfach nur so dasaß, als wäre gar nichts.

Ich riß ein kleines Späßlein darüber, daß er mich behandele als sei ich das neue thailändische Hausmädchen, doch das Julchen meinte, er *habe* mich doch begrüßt.

Da reuten mich meine vorschnellen und völlig unreflektierten Worte, wenn sie auch eher scherzhaft vorgetragen worden waren, zumal Buz gestern abend in der Küche noch so freundlich war, und mich so nett umarmt hatte.

Das Pröppilein hatte man mit einer infantilen „Kikaninchen"-Sendung ruhig gestellt, und nun stand es leicht gekrümmt in einer Aerobic-Pose vor Julchens PC, und folgte dem Geschehen auf dem Bildschirm gebannt.

Nach einer Weile ließ das Julchen auf meinen Vorschlag hin den Hit „Oooooh, hätt ich meiner Tochter doch geglaubt!" laufen. Interpretiert von einem quirligen, bebrillten Koreaner, der „was draus machö wollt", und das Julchen lachte sehr herzlich über diese köstliche Darbietung.

Ich selber kam kaum dazu, ein halbes Doppelbrötchen zu verspeisen, denn schon wurde mein Behagen durchs Babysitten abgelöst.

Pröppilein verbindet mich mit „Video-Schauen", greift eine meiner „Melkzitzen" an der Hand, führt mich zielsicher ins Kabüff, und die Erwachsenen sind um jede Minute froh, in der ich ihnen das Pröppilein vom Leibe halte. Es sitzt auf meinen

Knien und schaut auf die absorbierte Art eines Professors ganz ernst auf die Mattscheibe. Küsst man den zarten Nacken oder das duftende Lockenköpfle, so scheint dies weder bemerkt noch geschätzt zu werden?

Später saß ich mit meinem fesselnden Buch über das „Leben & Sterben in der Todeszelle" am ovalen Tisch neben dem Flügel, und fühlte mich wie die verrückte Laurie, wenn sie sich vor dem nackten Alltag im Kleiderschrank verkroch.

Ich litt unter Kopfschmerzen und spürte Rehleins Bestrebung in mir, das Leiden besorgnistreibend und lustvoll auszubreiten.

„Ich hab so waaaaahnsinnige Kopfschmerzen!" jammere ich, „aber diesmal ist es keine Migräne. Es fühlt sich an wie eine Knochenhaut- oder gar Hirnhautentzündung!" Und während ich mir all dies ganz entfernt ausmalte, las ich über einen JESUS-artigen Todesstrafengegner, der sehr viele Schmähanrufe bekam.

Doch dann milderten sich die Schmähanrufe auch wieder, als durchsickerte, daß seine Schwester von Karla Faye Tucker mit der Spitzhacke erschlagen worden war.

Das Salbadere der Pfarrer machte ihn immer bloß noch wütender, und Linderung erfuhr er erst dadurch, daß er die Bekanntschaft der Täterin in der Todeszelle suchte.

Erst besuchte er den Prozeß, später die reuige Täterin, die zu JESUS gefunden hatte.

Er sagte: „Ich vergebe Dir!"
„Danke!" hauchte sie nur, und dann war ihm zumute, als sei ihm eine Riesenlast von der Seele genommen worden.
Etwas, das auch Ming womöglich ein wenig Frieden schenken könnte? Er geht zum Landschaftsteufel D. und sagt: „Ich vergebe Dir!"

Das Pröppilein hat immer so viel Freude an dem Spielchen, sich zwischen den Treppenverstrebungen zu verstecken.
Ich lachte fröhlich mit, hielt mein Ohr jedoch an ein Telefonat Mings in der Ferne geheftet.
Ming klang zwar höflich, und dennoch kamen mir seine Worte feindselig und steif vor, und hinzu schien's mir durch die Wand so, als sei Ming vor Ärger ganz grün und bleich um die Nase, wie einst vielleicht der junge Opa, wenn man ihm blöd kam? Ming sprach mit Frau Grabhorst vom NDR, die gleich davon zu faseln begonnen hatte, daß eine Förderung bei denen nicht üblich sei, und schon gar nicht, wenn ein Bescheid bereits abschlüssig beschieden worden war.
Und dies habe sie hinzu so unfreundlich gesagt!
„Da kommt man gar nicht dazu, sein Anliegen überhaupt gescheit vorzutragen!" sagte Ming hernach enttäuscht.
Da liebte ich Ming noch mal so sehr, und machte mir plötzlich große Sorgen um sein Seelenheil.

Und später sah Ming hinter der Fensterscheibe so eingefallen aus, daß es mir tief ins Herz schnitt. Ich schaute auf die Runzeln unter seinen Augen, nahm diesen Anblick mit in den Wald, und fühlte mich traurig.

Ming verdächtigt Buz, immer irgendwelchen Leuten dienlich sein zu wollen, und Leute wie Doreen und Petra mögen vielleicht zu ihm nett sein, doch Ming kriegt dann immer die schamlosen Klagebriefe, daß man mehr Geld wünsche.
Als ich das Haus verließ, begleitete mich die freudige Hoffnung, mit Ming & Julchen im „Sesam" einen kleinen Kaffee zu zwitschern, doch auf dem Weg dorthin, wand sich das Julchen mit dem Kinderwagen bereits aus dem Rathaus-Areal heraus, und rief mir nur einen Gruß im Vorübergehen zu, dieweil man in Eile stak, und zwerg der wichtigen Schose mit dem NDR aufs Rascheste nach Hause strebte.
Ich radelte durch die Stadt, und in meinem Kopf quoll eine Türe auf, hinter der sich folgender Gedanke verborgen hatte: „Du erbärmlicher Gnom. Du erbärmlicher Kleingeist!"
(über den Pfarrer Rübel.)

Daheim tappte ich sogleich in die Babysittfalle, indem nämlich ein Streß ohnegleichen geherrscht hat:

Der Antrag für den NDR mußte zeitnah fertiggestellt werden.
Zuerst sittete ich das Pröppileinin im Garten, später im Flur, wo ich es mit Keksen füttern durfte. (Lustigen Tierkeksen.)
Das Pröppilein interessierte sich für die Schirme im Schirmständer, versuchte ein kleines Lied zu singen, und sagte: „Ming!"
Ich kaufte bei Combi ein, und begegnete beim Eintritt im Windfang der Gretel.
Die Gretel erzählte, was sie zu kochen gedächte: Zwiebeln mit Möhren, angebraten mit Spaghetti – und daß ihr Bruder Dietmar im Krankenhaus läge. Er sei dement... Abends hieß es wiederum, das Julchen sei krank: Fieber.
„Das Yaralein ist das Beste was wir haben!" sagte das Julchen warm über das kleine Pröppilein, und für mich ist ja ein Traum wahr geworden: Julchen & ich scheinen echte Freundinnen geworden, oder zumindest als Schwägerinnen zusammengewachsen zu sein, was vielleicht darauf zurückzufußen ist, daß ich mich anders weiterentwickelt habe, als befürchtet. Theoretisch hätte ich dem Julchen das Kind neiden, und zu einem Ungeheuer wie Onkel Ebis Exe, dem Uschilein werden können, das dem kleinen Kind heimlich nach dem Leben trachtet? Stattdessen bin ich aber eine ganz liebe, bemühte Tante, auch wenn ich am Beispiel vom Beätchen

gesehen habe, daß „Verwandtschaft" im Grunde wenig bedeutet.
Beätchens Zimmer in meinem Herzen steht nun leer, und von mir aus kann das Julchen dort einziehen.

Buz spielte anrührend auf meiner Violine, die ausgezeichnet zu ihm passte. Dann wollte er mir etwas beibringen, doch kaum wollte er loslehren, da erschien auch schon Ming mit dem Pröppilein an der Schiebetüre.
Das Julchen läge mit einer Brustentzündung im Bett. Ming lud das Pröppilein bei uns ab, da er keine Verwendung dafür hatte, und somit konnte Buz die schönen Lehren, die anzubringen ihm so viel Freude bereitet hätte, ersteinmal knicken.
Stattdessen genossen Buz und ich schicksalsergeben am Pröppilein herum: Das Pröppilein durfte uns die Katze in dem großen früchtebröternem Buch über den Weihnachtsmann zeigen, und Buz spielte kindgerecht ein kleines Lied auf meiner Violine.

Ming mußte kurz zum Combi radeln, um eine Zitrone zu kaufen, und man weiß ja um Mings Flinkheit:
Während einst der letzte Akkord am Klavier noch nicht verklungen war, kam Ming bereits in Wallinghausen an, um der Liebe zu leben, und heut hatte die Türe noch nicht zuende gequietscht, und

schon war er wieder da, und fuhr das Pröppilein im Puppenwagen herum.

Ich wiederum versuchte bald darauf, das Pröppilein durch Kinderlieder bei Youtube einzuschläfern, doch die Lieder gefielen dem Pröppilein nicht, und wenig später donnerte es mit dem Kopf an den chinesischen Krug an der Terrassentüre. Es folgte ein langes, barmendes Geschrei, infolge dessen das Julchen gezwungen war, die Auskurierung im Bett zu unterbrechen.

Man spielte dem Pröppilein „Papa Pinguin" vor, und dann rief Buzens Spezi Hans-Hermann an, mit dem man einen Abend zu verbringen plante, und der bereits vor der Türe stand.

Ein Abend im „Dolce Vita" stand auf der Agenda. Dort saßen wir direkt am Fenster, und ich wartete immer auf Ming, da mir die Altherrengespräche ein wenig langweilig waren. Es ging um Hornisten, und mich als Frau filterten sie dabei gänzlich heraus, so daß ich bloß mehr im Studium der Speisekarte einen Halt fand.

Der einsame Hans Hermann sah süß und auch ein bißchen verlegen aus, und freute sich auf einen Auftritt als Hornist in Bad Segeberg.

Aber erst als Ming kam wurde es wieder interessant: Ming nahm mir gegenüber Platz und bestellte ein um Lammteile herumkomponiertes Leckermahl. Leider waren die Gespräche traurig, denn wie sollen wir den „Musikalischen Sommer" bloß halten?

Die „Ostfriesische Landschaft" mit ihrem eiskalten Vernichtungswillen klagt viel herum und bildet sich ein, die Bilanzen hätten wir gestohlen. Und dabei hatte die uns doch der Dirk einst zugespielt, als man einander noch grün war.
Wir verabschiedeten uns und liefen durch kühle Regenperlen heim.

Freitag, 28. Februar

Ein Zwischenspiel in grau und mattblau

Ich träumte *von einem bulgarischen Cellowunderkind, das mit 5 Jahren bereits Beethovens A-Dur Sonate zu interpretieren verstand. Es spielte in einem Terrarium wie im Zoo hinter Glas, hampelte beim Spiel sehr herum, und mußte von mehreren Erwachsenen während des Spiels bei Laune gehalten werden, damit es auch weiterspiele.*
Schließlich lag ich wach im Bett.
Nach einer Weile zeigte sich Ming mit dem verunschärften Pröppilein im Türrahmen.
Augenblicklich zog ich mir sehr lustig die Bettdecke über den Kopf, doch leider konnte ich von der Ferne nicht sehen, ob das Pröppilein überhaupt erheitert war.

Das Gespann setzte sich auf das Fußende meines Bettgehäuses, und Ming sagte über mich: „Das ist die Tante Kika!!"

„Ja, und?" schien das Pröppilein zu sagen, da es mich ja nun wirklich schon zu Genüge gesehen hat, und was mache ich bloß, wenn sich irgendwann eine versnobte 11-jährige herauskristallisiert, wie einst Evi B., ein Kind, das ich von ganzem Herzen nicht leiden konnte?

Na ja, jetzt stieg ich erstmal in mein Tagesgewand und die Treppen hinab. (Schreibe ich schon wie Frank Golischewski? „Ballade in Mull": „Das Krankenhaus steht nicht nur vor den Mauern der Stadt, sondern auch dem Ruin.))

Ich begrüßte Buz und das Pröppilein, doch das Pröppilein hatte genug davon, im einzwängenden Babyhochsitz zu sitzen, und so versuchte ich nun, es mit dem „Kikaninchen" vor Julchens Computer zu bannen – am besten sogar zu „nageln", damit es keinen Unfug anstelle.

„Da macht sie dann ihre Baby-Aerobic!" sagte ich leichthin.

Man regte sich über „Kirsche" auf, der heut in der Zeitung gekommen war, um neue Spielstätten vorzustellen, auf die er sich freue, und die doch keinesfalls von ihm, sondern einst von Buzen mit Sorgfalt und Liebe entdeckt und aufgestöbert worden waren. Ein Plagiator wie er im Buche steht! Ming war empört, und auch das völlig entgeisterte

Julchen hörte man sagen: „Das ist so was an armselig!"
Ming rief sogar den Kirsche auf dem Händi an, doch niemand hob ab, und detektivisch-scharfsinnig meinte das Julchen, dies läge daran, daß er die Nummer aus Aurich erkannt habe.

Dann lief auf Julchens Computer der Hit „Günther gesteh!"
Das Pröppilein tanzte sehr süß dazu, doch Buz auf der Bank fand diese Musik Scheiße – und tatsächlich klang die Musik, durch Buzens Ohren hindurch gelauscht, unnatürlich doof.
„Der Hit ist gut!" sagte ich, wenn auch nicht sehr nachdrücklich, zumal man ja weiß, daß Buz solchen Worten kein Gehör schenkt.
Später sagte ich zum Pröppilein: „Dieser Hit geht dem Opa auf die Nerven. So schön er auch ist!"

Das Pröppilein durfte seine kranke Mama besuchen, und ich erhaschte auf unaufdringliche Weise einen Blick darauf:
Hingegossen wie eine Prinzessin in einem großen Bett lag das Julchen so da.
Was macht man bloß, wenn es dem Julchen geht wie Ippolitsch Ippolitsch?* bohrte sich ein peinigender Gedanke nach Art einer Distel in meine Überlegungen, die doch eigentlich der Zeitungsarbeit geweiht sein sollten.

*„Im September erkrankte Ippolit Ippolitisch an Scharlach und starb" liest der Lesende völlig unvorbereitet an einer Stelle in einer Tschechow Geschichte, und ist davon so bestürzt, daß er nicht mehr weiterlesen kann.

Gleichzeitig half ich Buzen wo ich konnte.

Das Schicksal hatte mich ruhig und geduldig werden lassen.

„Machst Du grad etwas ganz Wichtiges?" frug Buz fahrig und gestresst, zumal er zu Tagesbeginn ein wenig unartgerecht von Ming herumgescheucht worden war, so wie *ich* vom Beätchen einst.

Buz hatte sich nützlich machen wollen, indem er einen Brief an Herrn Kettwig tippte.

Doch dies könne er ja auch zuhause machen, und nun sei er doch teuer eingeflogen worden, tadelte Ming und crescendierte diesen belehrenden Satz auf eine energische Weise auch noch leicht, um sein Gegenüber zum Nachdenken zu animieren.

Und so half ich Buzen dabei, Programme zu tippen.

Plötzlich aber fuchste es mich, warum wohl die Doreen schon wieder das Schubert-Oktett spielt?

Buz tat so, als sei ich bei den Proben zu kompliziert, doch dies bestritt ich vehement, denn es gibt auf der ganzen Welt niemanden, der bei den Proben noch unkomplizierter ist als ich:

Jemand, bei dem sich das Ohr den Gegebenheiten anpasst.

Ming war nicht auf die Idee gekommen mich mitzunehmen, als er den Anwalt Reich von der Bahn aufpickte, und dabei kann man die kostbare Zeit mit Ming eigentlich nur noch im Auto genießen.

Mittags zeigte mir Buz wieder Fingeraufklappsfinessen, doch vor der Glastüre wackelte das Pröppilein herum, und so schien's geboten, scharf ein Auge draufzuhalten.
Das Julchen hatte eine Aufgabe für mich:
Im „Sesam" einen Kaffee zu holen, und bei Edeka wiederum eine Prinzenrolle, dieweil der Anwalt Reich zu einem Arbeitsnachmittag erwartet würde.
Nervös radelte ich los. Nervös, weil der Weg so sperrig ist.
Das „Sesam" war so voll, und der Kaffee dort schien mir viel zu teuer, so daß ich gleich zu Edeka fuhr.
Aus der Drehtür am Carolinenhof wurden soeben Herr und Frau Moll in die Freiheit herausgezwirbelt, und so schien man dazu verdammt, sich dem üblichen Fragenhagel zu stellen: Ob ich wieder im Lande sei, und was die Kunst mache?
Ich erfuhr, daß die Tochter der Molls binnen Kürzestem dreimal Mutter wurde, so daß die Großeltern Stramm Gewehr bei Fuß stehen, und alle Nas lang nach Wiesbaden fahren müssen, da die drei

Enkel in einem Alter stüken, in welchem Kinder noch viel Unfug treiben.

Ich schaute auf die mit weißem Roßhaar durchzogene, wenig attraktive Langhaarfrisur von Frau Moll drauf, die beim Reden immer bedächtig den Mund aufsperrt. Und dies noch bevor die ersten Worte reif scheinen, ausgesprochen zu werden.

Nach der Plauderei tätigte ich meine Einkäufe, und in der Kassenschlange saß in einer Kinderkarre ein kleines Kind, das meine Aufmerksamkeit erweckte. Einmal lachte es, und dann wiederum krisch es multipel ganz hoch. Eine üble Gewohnheit von dem Fratz.

Auf dem Heimweg sah ich Ming, der in „Heimatblatt"-Nähe auf seine stringente Weise einem Mittagessen mit Herrn Reich entgegenradelte. Ich rief laut. Ming blieb stehen und schaute mich gehetzt und fragend an. Dann schüttelte er, wie in einem schlechten Roman, konsterniert den Kopf, warum ich ihn wohl auf seinem Lebenswege aufhalte?

Das Julchen mit ihrem einmaligen Talent, dafür zu sorgen, daß man nie seine Ruhe hat, schickte mich nochmals ins „Sesam", da ja der Kaffee doch der Falsche war.

Schließlich war ich mit dem richtigen Kaffee wieder daheim.

„Suuper!" sagte das Julchen freundlich, da es sich eine neue Verhaltensstrategie angeeignet hat, und ich wiederum legte die 7€, die sie mir gegeben hatte wieder auf die Kaffeepackung drauf.

Freispruch für Christian Wulff!
Später las ich in der „Tante Olli", daß der Christian sehr froh und dankbar sei, und nun erstmal den kleinen Linus vom Kindergarten abzuholen gedächte.
Mich nervte ein bürstenhaariger Typ am Spielomaten.
Während er da auf sein Glück hoffte und rumklimperte, las ich in meinem Buch über die Todeskandidaten von Texas weiter, und über die arroganten Anwälte, die nie auf Briefe antworten, und immer noch mehr Geld wünschen.
Daheim bei uns saß man mit Herrn Reich beim Tee und lachte viel, doch die gesellige Runde löste sich so allmählich auf.
Am liebsten wäre ich mit nach Oldenburg gefahren, zumal die Zweisamkeit mit Ming kostbar wird, doch es wäre zu umständlich gewesen, den Babysitz herauszuschrauben.
Bzgl. des Meineidverfahrens hat Ming einen neuen Anwalt, von dem nur zu hoffen ist, daß er netter sei, als jene Anwälte in Huntsville: Herr von Wedel, nach dem Ming bereits brieflich die Fühler

ausgefahren hat, wie ein kleines Mail auf dem Mailspieß verriet.

Der lose gestimmte Herr Reich riss einen kleinen Scherz, der auch von mir gründlich belacht wurde: Er überreichte Ming einen Aktenordner und sagte über Bestrebungen der „Landschaft" die darin abgeheftet waren: „Das soll dick und respektabel sein, ist aber dünn und blamabel!"

Der Tag senkte sich nieder, und ich schaute mir eine Reportage über den BTK-Killer an.
Man hatte gefilmt, wie er gefasst wurde:
Ein Herr mit einem grauen Stahlwollebärtchen auf dem Wege zur Arbeit, und nach vielen Monaten intensivster Recherche hatte man den Beweis: ER war's.
„Wissen Sie, warum wir Sie verhaften?"
„Ich habe da so eine Ahnung…" (dies sagte er lose).

Wieder hatte ich den ganzen Abend lang das drückende Gefühl, die Decke fiele mir auf den Kopf. Einmal tippte ich einen Geburtstagsbrief an den Gaßmann, und erzählte darin vom Pröppilein. Auch das Lied „Günther gestehe!" stellte ich ein, und bat um eine Chance für diesen, auf den ersten Horch vielleicht blöden Hit. Er möge ihn sich mehrmals anhören, und mir seine ehrliche Meinung schreiben.

Das Beätchen bat um Kapitel 8, hielt sich allerdings bei dieser Bitte völlig neutral:
„Zeit für Nr. 8. Die Tante aus Amerika"
(so schriebse.)
In der Nacht begann das Pröppilein laut und barmend zu plärren.

Weiter geht´s im nächsten Band….

Personenverzeichnis:

Afroditi, uneheliche Gegenschwiemu von meiner Freundin Ulla in Grebenstein. (*1948)
Anselm, Schwiegersohn von meiner Großtante Irma in Kiel (*1964)
Anton, Sohn meines lieben entfernten Verwandten Brüdi in Lübeck (*1973)
Backe, Frau Frau in Aurich/Ostfriesland (*1940)
Bea, (Beätchen) Tante mütterlicherseits in Kalifornien (*1943)
Bernhard, Herr in Aurich (Geburtsjahr unbekannt)
Beyer, Christoph-Otto, Cellist, Gymnasiallehrer und Stadtmusikant in Aurich Ostfriesland. Ein enger Freund der Familie (*1965)
Böhmert, Erwin, Jünger vom Opa, Weltverbesserer (Geburtsjahr unbekannt)
Brüdi, Exschwager vom Onkel Rainer, Cellist und Geigenbauer in Lübeck (*1942)
Brünnerts, Karin (*1935) und Dietmar (*1936) Alte Klassenkameraden von Onkel Dölein in Reutlingen
Buz, unser Vater, der es auf dem Gebiet der Violinpädagogik wie kein zweiter versteht, aus Stroh Gold zu spinnen (*1938)
Christian, Kunsttherapeut in Hamburg (*1963) alter Freund
Christoph, Schwiegersohn von Tante Irma (*um 1960)
Constanze, Mutter von Brüdis einzigem Enkel Johann (*um 1969)
Dieudonné, Susanne, Sängerin in Ratzeburg (*1961) s. auch https://dieschoenestimme.breedmusic.de

Dölein, Onkel mütterlicherseits in Florida (*1936)
Dostal, Christoph, Schauspieler und Freund aus Frohsdorf, Niederösterreich und Hollywood/USA (*1968)
Eberhard, Onkel väterlicherseits, Prof. für Kunsthistorie in Berlin und Paris (*1947)
Edith, wohnt im Hause gegenüber in Grebenstein (*1942)
Eisfeld, Frau, leuchtende und vielseitige Dame, spielt Violine und pinselt Gemälde (*um 1937)
Ella, 1.) meine Omi, in deren Wohnung ich nun lebe (1913 – 2003) und 2.) Hund in Amerika
Erika, Ehefrau von meinem Freund Christian in Hamburg. (*1963)
Evchen, ein junges Ding von einst, das jeden Tag die Oma Ella anrief (*1959)
Frank, (deren gibt es zwei) 1.) Ehemann von Frau Dieudonné (*1950) 2.) ältester Sohn (*1957) meiner Großtante Irma
Friebe, Pfarrer, leider früh verstorbener Geistlicher aus Baltrum (1961 – 2012)
Friedel, geliebter Vetter aus Königswinter (*1962)
Gaßmanns, Familie in Worpswede (Vati Joachim*1953, Mutti Ingrid *1970, und die die Töchter Edith *1998 und Luise *2003)
Gertrud, Frau von meinem Verwandten Brüdi in Lübeck (*1941)
Gretel, Nachbarin in Aurich (*1938)
Han-Lin, taiwanesische Primgeigerin im „Jadequartett" (*1974)
Hannelore, auch deren gibt es zwei:
1.) liebe, stets positiv denkende Frau im Schwabenland (*1934) 2.) Frau von Pastor Rübel (*um 1941)
Hartmut (Hambum), Onkel väterlicherseits (*1945)
Heidi, jüngste Tochter meiner Großtante Irma (*1961)

Heiko, liebster Freund in Aurich (*1961)
Heiner, Zwillingsbruder vom Friedel in Bonn (*1962)
Hilke, Buzens Exe, Klavierlehrerin in Stuttgart (*1964)
Irma, verwitwete Großtante in Kiel (*1937)
Johann, Enkel von Brüdi und Gertrud (*2013)
Jorberg, Lebensgefährte unserer lieben Freundin Veronika (*1928)
Jörg, Dentist in Aurich (*1964)
Katharina, schwäbische Geigerin und liebe Freundin. (*1959)
Katja, Schwiegertochter meiner lieben Freundin Edith in Grebenstein (*1983)
Klein, Gerhard, emeritierter Pfarrer in Grebenstein (*1930), der einst Omi Ella unter die Erde brachte
Kruse, Sabine, Verkäuferin im Bioladen Aurich (Geburtsjahr unbekannt)
Linda, Kusine in Amerika, Tochter von Tante Bea (*1973)
Lion, Söhnchen von meinem Freund Christian in Hamburg (*2007)
Miette, Tochter unserer Kusine Linda (*2004)
Mobbl, Großmutter mütterlicherseits (1910 – 1999)
Moll, Herr & Frau, Ehepaar in Aurich (im Seniorenalter)
Münch, Frau, meine Sekretärin (*1943)
Nebelsiek, Hartmut, entfernter Verwandter in Veckerhagen (*1940)
Nicolei, Lara, junges Fräulein aus Lingen (*1990)
Nicko, Söhnchen von meinem Freund Christian in Hamburg (*2005)
Ohling, Frau, pensionierte Lehrerin in Aurich (*1936)
Opa, Großvater mütterlicherseits (1909 – 2002)
Otto, Opas Bruder, und Irmas verstorbener Ehemann (1913 – 1997)
Pape, Herr & Frau, brave Eheleute in Oese (Teufelsmoor bei Bremerhaven)

Rehlein, unsere Mutter (*1939)
Reich, Herr, unser Anwalt (Geburtsjahr unbekannt)
Rifflein, Sohn von Tante Bea (*1978)
Rosi, Nachbarin in Aurich (*1947)
Rosita, eine leicht papageienartige Frau aus Kassel (*um 1947)
Rothfuß, die Familie mütterlicherseits
Rübels, Pfarrer mit Frau in Aurich (* 1934/um 1941)
Rüdiger, Vorsitzender der Freunde des Musikalischen Sommers (*1966)
Saathoff, Frau, Musikschulsekretärin in Aurich (*1934)
Sabine, Klavierlehrerin im Schwabenland (*1961)
Scherließ, Volker, Musikgeschichtsprofessor und Autor in Lübeck (*1945)
Schröder, mein Vermieter in Grebenstein (*1952)
Silvia, Tochter von Tante Irma (*1960)
Szymon, Kontrabassist (*1983)
Thomas, Sohn meiner Nachbarin Edith in Grebenstein (*1972)
Tone, enger Freund in Ostfriesland. Ein Adelsmann. (*1962)
Ulla, liebe Freundin in Grebenstein (*1947)
Veronika, enge Freundin der Familie (*1945)
Wellhausen, Frau in Aurich (*1947)
Willi, Mings unehelicher Schwiegervater (*1950)
Wyss, gute Frau in Grebenstein (*1940)
Yara, (Pröppilein), meine kleine Nichte (*2012)
Youssou, Sohn von Buzens Exc Hilke in Stuttgart (*1999)

-Eine Auswahl -

Titel im Twentysixverlag:

Das Jahr 2009 (Komplett)
-Mein Bekanntenkreis (Januar – Juni)
-Ein Buch das vielleicht nicht jeder lesen sollte (Juli – September)
-Die Lücke auf der Eckbank (Oktober – Dezember)

Das Jahr 2014:
-Züngelnder Groll (Januar)

-Einmal Petaluma und zurück- Unser Besuch bei den Verwandten in Kalifornien

Besuch uns doch mal hier! ☐

http://www.franziska-koenig.de
http://www.erikoenig.de/
www.musikalischersommer.com

https://www.facebook.com/pg/Musika
lischerSommer/photos/?ref=page_inter nal